縄痕《じょうこん》の宴《うたげ》　夜の飼育

一

映画館のような闇の中は人でいっぱいだった。女性客も少しは居るようだが、大半は男性客である。その男たちの視線を一身に集める形で、菊乃は舞台に吊《つ》るされていた。四方八方から照らされるスポットライトが菊乃の真っ白な裸体を際立たせている。成熟した女盛りの体が、うっすらと滲《にじ》み出してきた汗でぬめぬめと光る。

胡座《あぐら》縛りの姿勢のまま舞台上の梁《はり》にぶら下げられた菊乃の体は、ブランコのように揺れている。その度に、胡座の真ん中で剝《む》き出しになっている女陰が、きゅっと締まったり弛《ゆる》んだりする。

「お、女将《おかみ》さん！」

客席の隅から狼狽《うろた》えた声がした。それが番頭の中西の声であることに気が付くと、菊乃の顔にも狼狽《ろうばい》が走る。慌てて客席に投げた菊乃の視線が、中西の視線とぶつかった。中西の顔はもう、涙でぐしゅぐしゅになっていた。

「女将さん、一体どうして、こんなことに……」

不安定な姿勢のまま、菊乃がいやいやをする。

「駄目、お願い」

私のことを見てくれるなという意味である。だが、哀《かな》しみの表情を満面に滲ませながら、中西もまた菊乃の肢体から目を離せずにいた。菊乃の体からは、男たちの心を蕩《とろ》かせずにはおかない妖《あや》しいフェロモンが発散されているのだった。

先ほどから菊乃の体を揺すったり、腰をあちこちに向けたりして嬲《なぶ》っていた後ろの男が、体を菊乃の背中に密着させる。褌《ふんどし》一つであとは全裸の男の体は引き締まり、赤銅色《しゃくどういろ》に日焼けしてつやつやと光っている。

「ああっ！」

後ろから思い切り強く抱き締められ、そして羽交《はが》い絞めにした両手で乱暴に乳を揉《も》まれ、菊乃は身悶《みもだ》えた。必死に逃げようとするのだが、厳しく拘束された菊乃の体は思うように動けない。

「げ、源次さん」

源次と呼ばれた男は菊乃の声を無視して、熟《う》れた双《ふた》つの乳房をぐいぐいと揉み上げていく。

菊乃は吊るされたまま、切なげに腰をくねらせる。

「源次さん、お願い。もう許して」

無理に捻《ね》じ曲げた菊乃の視線が源次に向けられる。源次は菊乃の哀願を封じるかのように、唇を重ねる。強く舌を吸われ、菊乃は喉の奥でくうっと小さく呻《うめ》いた。

源次の右手が次第に下に下りていく。左手で双つの乳房を交互に刺激しながら、右手は菊乃の一番敏感な肉芽の頭や膣の入り口の辺《あた》りをゆっくりと撫《な》で擦《さす》る。

突然、前触れも無く、源次の指が二本一度に中に入ってきた。

「くううっ！」

菊乃は背中を反《そ》らせてくぐもった呻き声を洩《も》らした。身動き取れない不自由な体がぐぐっと伸び上がる。腰の辺りの筋肉がぶるぶると震える。

源次の指は手首を器用に揺すりながら、菊乃の体の中を掻《か》き回していく。体の奥の方からくちゅくちゅと、いやらしい音が聞こえ始める。菊乃は顔を横に背け、両目を固く閉じて体の中心から湧《わ》き起こってくる強烈な感覚に耐えている。

源次は菊乃の耳元に口を寄せ、小さく呟《つぶや》いた。

「それじゃ女将、そろそろいくぜ」

「ああっ！　あああっ！」

源次の指の動きが突然激しくなった。まるで菊乃の女陰に恨みでもあるかのように、乱暴な動きで指を菊乃に叩き付けていく。

「あ、あはあっ！　ああっ！」

源次の指の動きに追い立てられるように、菊乃の動きも激しくなる。全身を揺すり立て、頭を激しく振り動かす。菊乃の喉からけものじみた咆哮《ほうこう》が繰り返され、体を支える縄が軋《きし》んでぎしぎしと悲鳴を上げる。

菊乃の女貝から溢《あふ》れ出た愛液がついにお尻を伝って滴《したた》り落ち始めた時、観客は一層高く歓声を上げ、菊乃と源次の二人に惜しみ無い拍手を送った。

それは、果てることを知らぬ、爛《ただ》れた愛欲の宴《うたげ》だった。

それにしても、なんという運命の変転であろう。つい二週間前の菊乃は、自分がこのような陵辱《りょうじょく》の餌食《えじき》になるとは全く想像もしていなかった。そう、たった二週間前までは。

二

割烹《かっぽう》旅館桃水園の女将、清水菊乃は三十二歳の女盛り、この温泉町でも評判の美貌《びぼう》の女《ひと》である。決して派手な顔立ちではないが、切れ長で涼しげな眼差《まなざ》しに凜《りん》とした力がある。細い眉《まゆ》を顰《ひそ》めるとなんとも言えぬ憂いの風情が漂い、薄い唇をきゅっと引き締めると生来の意志の強さが滲んだ。

何より美しいのは、菊乃の着物姿である。旅館勤めの女が一人で着物を着られるのは当たり前と言えば当たり前なのだが、両手と口だけを使ってするすると着物を身に纏《まと》っていく菊乃の立ち姿には、見る者を魅了せずにはおかない美しさがある。

着付けの仕上げに、締まり具合を確かめるようにたんったんっと音を立てて帯を叩く。この菊乃の仕草を、桃水園の仲居たちは憧《あこが》れを込めてこっそり真似ていた。

訳あって年をごまかし、十五の年には旅館の仲居として働いていた。二十歳の時に、街の地回りの若いやくざと好《い》い仲になって入籍する。相手は黒のスーツに身を包み、髪の一筋一筋にも気を使う洒落者《しゃれもの》だった。

だが、男の酒癖・女癖の悪さに愛想を尽かし、菊乃は僅《わず》か一年足らずで離婚する。離婚して間も無く、男は組の金に手を付けて失踪した。

以来十年、菊乃は独り身を通してきた。

「男嫌いさ」

と、陰口を叩く者もいる。だが、相手が居なかった訳ではない。むしろ菊乃は恋多き女だった。何人もの男が菊乃の体を通り過ぎていった。

「泣かされるのは、寝床の中だけで充分ですよ」

結婚を迫ってくる男たちに対して、例えば菊乃はこんなきわどい科白《せりふ》で男を躱《かわ》した。結婚などもう懲《こ》り懲《ご》りさと、心底そう思っているらしかった。

菊乃の亭主の兄貴分は、菊乃が亭主と別れ、亭主が組に迷惑を掛けて逃げ出した後もなお、菊乃に目を掛けてくれた。彼の所属する銀星会の傘下にあるこの桃水園に菊乃を世話してくれたのもその男だった。

桃水園に移って三年後、先代の女将が引退したのをきっかけに、菊乃は若女将に抜擢《ばってき》される。古株の仲居たちを飛び越えての大抜擢だったが、この人事に不満を洩らす人間は居なかった。仲居としての菊乃の手腕は、桃水園のスタッフ誰もが認めていた。

それから六年。今や、菊乃はこの桃水園の顔であり、この温泉町そのものの顔となっていた。

銀星会内部でも、今の菊乃は大幹部級の扱いを受けている。桃水園の上げる収益は、銀星会の安定した収入源として無視できないものになっていた。

その日、菊乃には外出する用事があった。かねてから目をかけている仲居に荷物を持たせ、桃水園の玄関を出る。三歩離れて若い仲居が、菊乃の後にしずしずと従う。

桃水園の広い玄関から門まで続く長い敷石道の周りは、ゆったりとした日本庭園になっていた。

自然の景観を模したその庭は、一見すると人工の作為を全く感じさせない。だがよく観察すると、木々の一本一本の配置が微妙な調和の中で計算されている。目に見えないところに手間を掛けた、贅沢《ぜいたく》な造りの庭であった。

その美しい庭園の中を、二人の美女が歩いていく。

実際、菊乃も美しかったが、従う仲居も美しい。美しい二人が桃水園の前庭をゆっくりと渡っていく姿は、まさに一幅《いっぷく》の絵のようなあでやかさである。まるでこの世のものとも思えない、桃源郷の一風景であった。

ふと菊乃は、庭の向こうに目をやった。遠くで車の音がする。日本庭園の敷地を挟んで菊乃たちとは反対側の道を一台の車が入っていくのが、木の間隠れに微《かす》かに見えた。

そこは一般の客には使わせない、裏の接客口だった。桃水園の裏の玄関は、その筋の客を一般客に接触させること無く出迎えるための非公式の入り口なのだ。

菊乃の顔に怪訝《けげん》そうな表情が浮かぶ。菊乃の記憶する限り、今日は裏の予約は入っていなかった。表の客が宿を求めて突然訪れてくることはそう珍しくないが、裏の客が予約無しに突然訪れてくることは先《ま》ず無かった。

「ねえ、今日、急の予約があった?」

「いえ、私は聞いていません。でも、番頭さんがご存じかもしれませんから、ちょっと戻って聞いてみましょうか?」

「いえ、いいわ。戻ってからで。行きましょう」

菊乃は耳だけで車の気配を追う。もう一つの玄関口の方角から、車のドアが閉まる音がする。人の話し声のようなものも微かに聞こえてくるが、その内容までは分からない。

何人かの声に交じって、番頭の中西らしき声も聞こえてくる。中西ならうまく采配してくれるだろうと、菊乃はそれ以上気を回すことを止《や》めた。ことの顚末《てんまつ》は、戻ってから聞けばよいことである。

「女将さん」

前を歩く菊乃に、若い仲居が声を掛ける。

「なに？　どうかした？」

「今、佐竹さんが居たんです」

「佐竹さん？」

「ええ。今、あっちの玄関のところで、ちらっと姿が見えたような……」

「見間違えじゃないの？」

二人の立っている位置から裏の玄関までには相当の距離がある。しかも、植木や立ち木の隙間《すきま》を縫った、僅かな視界しか開けていない。そこから人一人見分けるのはそう簡単なことではない。

「確かに佐竹さんなら、うちに突然やってきてもおかしくないけど」

「ええ」

「それにしても、車に乗ってきたというのがねえ」

「おかしいですよねえ」

いつもの佐竹なら、くたびれた旅行鞄一つぶら下げて歩いてやってくるはずなのである。

菊乃の顔を覗《のぞ》き込みながら、仲居の目が悪戯《いたずら》っぽく笑う。

「ねえ女将さん、本当にどうするんです？　佐竹さんのこと」

「どうするって、何のこと？」

「想いを遂げさせてあげるんですか？」

「ばか。そんな訳無いじゃない」

「でも、あんなに熱心に通ってくるなんて情熱的じゃないですか」

「ああいうのは情熱とは言わないの。ただ執念深いだけよ」

「そんなこと言って女将さん、満更《まんざら》でもないんじゃないですか？　あんなに惚《ほ》れられて」

振り返った菊乃の目に怒りがこもる。若い仲居は慌てて肩をすくめる。振り向きもせず、すたすたと歩き去っていこうとする菊乃を、若い仲居は急いで追いかけた。

菊乃が怒るのも無理は無い。佐竹の願いというのは、尋常なものではなかった。佐竹は菊乃に、縛り絵のモデルになってほしいというのだ。


「お願いだ、女将さん！　少しだけ、僕の話を聞いて下さい！」

菊乃が初めて佐竹に会った時、佐竹は桃水園の玄関口に土下座した。一般客の手前もあり、番頭や仲居たちは慌てて佐竹を立たせようとするが、佐竹は頑固に平伏を繰り返した。

菊乃は男と番頭たちの遣《や》り取りを一歩下がった後ろから見ていた。そして男を、冷静に値踏みしていた。

男の着ている服はどれも安物である。上等のものを着古しているのではなく、買えるものを買い、次が買えないから着続けているという様子であった。

髪は寝起きの寝癖を残したままのように乱れ気味で、無精髭《ぶしょうひげ》もうっすらと生えている。およそ、外見には気を使わない男らしい。

年は菊乃と同年代か、もう少し上、三十半ばというところだろう。格好が格好なので老《ふ》けて見えるが、さっぱりとした格好をさせれば意外に若く見えるはずだ。顔も、男前とまでは言わないが、悪くもない。美男子ではないが、味のある顔をしている。

妻帯したことは無いだろう。この汚さは、世話を焼いてくれていた女に突然去られた男の汚さとは違う。そもそも自分の近くに女が寄ってくるとは考えていない。だから身の回りを小綺麗に保つ気も起こらない。そういう汚さだ。

長年女将を務めて数え切れない客をもてなしてきた菊乃の観察は、微に入り、細に入る。指先の爪の汚れ、襟《えり》の垢染《あかじ》みまでつぶさに観察した菊乃は、にこやかな表情で佐竹に話し掛けた。

「ねえ、お客様。失礼ですが、私にはあなたとお会いした記憶が無いんですよ。どちらかでお目に掛かりましたっけ？」

穏やかな物言いだが、言葉の奥に冷たい芯がある。常の菊乃には無いことだった。つまりそれが、佐竹に対する菊乃の評価だった。

「はあ、あの、一度、こちらに泊めていただいてます」

「あら、それは失礼しました。変ねえ、私、一度ご利用いただいたお客様の顔と名前はたいてい覚えているんだけれど」

中西が、後ろからそっと袖を引く。

「あっちの、撮影の時に一度」

菊乃の顔にああっという表情が浮かぶ。

「そう。それじゃ私は、分からないかもしれないわね」

桃水園の敷地には一般客には立ち入りできない一角があって、そこには秘密の別棟がある。アダルトビデオなどのスタジオとして利用されていて、撮影された写真やビデオは銀星会の資金源の一つになっている。

佐竹はそのスタッフの一人として、桃水園を訪れたということらしい。もしその時のスタッフが別棟で寝泊まりしていたとしたら、菊乃が直接顔を合わせる機会は先ず無い。別棟に出入りする従業員は男だけと決まっているのだ。

双方が気を使うことの無いようにという、これも菊乃流の気配りだった。

だが、佐竹の方は何かの機会に菊乃を見掛けたらしい。そして、一目で惚れてしまったという訳だ。

菊乃がつつつと、前に進み出る。

「お客様、とにかく、中にお入り下さい。銀星会のお身内とあっちゃ、邪険にもできませんから」

「いや、本当に、ここで結構ですから」

「お客様がよくても、私どもが困ります。ここでは、他のお客様のご迷惑ですから、とにかく奥へどうぞ」

「いや、本当に、僕は」

「上がるのがいやならお帰りなさい」

菊乃の言葉が厳しくなる。佐竹の表情がはっとなる。

「ここに居座られると、私たちが迷惑だと言っているんです。上がるか出て行くか、どちらかになさい。さあ、どうします？」

菊乃の貫禄に押されて、佐竹は気弱そうに口ごもる。番頭と仲居に両側から支えられるようにして佐竹はようやく立ち上がるが、菊乃の鋭い視線に射抜かれて目を逸《そ》らすことができない。放心状態のまま、そのまま奥へと引きずられていく。

伸びた背筋を揺るがせることも無く、菊乃がすうっと立ち上がる。先ほど見せた険しい表情は微塵《みじん》も残っていない。まるで能役者のように洗練された、鮮やかな立ち姿だった。今の騒動を他の泊まり客に見られていなかったかどうかが気になるが、こちらを窺《うかが》う人の気配は感じられなかった。そばに寄り添うように立っている若い仲居に、菊乃が命じた。

「板長さんに言って、何か見繕《みつくろ》ってもらってちょうだい。それと、お酒も」

「え？　そこまでしてあげるんですか？」

「銀星会のお身内に、そう邪険な扱いもできないでしょう」

苦笑いをしながら、菊乃はすたすたと番頭たちの後を追っていった。


振る舞い酒で緊張の弛んできた佐竹は、ぽつぽつと自分のことを話し始めた。彼が言うには、佐竹は銀星会お抱えの縛り絵師であるという。ビデオや写真が全盛の時代に縛り絵師とは古風だが、それなりに需要はあるらしい。

ただ、それで生業《なりわい》を立てていけるほどの仕事は無いし、仕事に対する報酬で生きていけるほどの花形商売でもない。

佐竹は、銀星会の援助で辛《かろ》うじて生きていた。ありていに言えば、佐竹は銀星会の居候《いそうろう》の穀潰《ごくつぶ》しに過ぎなかった。

そんな佐竹が、菊乃の前に土下座して頼む。

「女将さん。僕は、女将さんの絵が描いてみたいんです。頼むから、僕のモデルになって下さい」

絵のモデルと言っても、普通の絵ではない。この男は、菊乃のことを縛らせてくれと言っているのだ。

「とんでもない。何を言い出すかと思えば、あんたおかしいんじゃないか？」

菊乃より先に、番頭の中西が怒り出した。逆に菊乃は、笑い出してしまう。戸惑ったように、番頭が菊乃の顔を見る。

「女将さん、笑い事じゃありませんよ」

「佐竹さん、あなた、いい度胸ですこと」

顔は笑っているが、目だけが笑っていない。数々のやくざ者たちを威圧してきた、菊乃の貫禄の睨《にら》みが佐竹を串刺しにする。

「殺されるかもしれないのよ。佐竹さん、そのこと、ちゃんと分かってしゃべっていらっしゃる？」

思わず、佐竹はうつむいてしまう。

菊乃の話は脅しではなかった。桃水園の経営を任され、何十人の従業員を管理し、組運営のための潤沢な収入を確保してきた菊乃の地位は銀星会の中でも高い。幹部クラスの重要人物といっても大げさではない。

　その幹部級の要人を、居候の飼い殺しに過ぎない佐竹が、縛り上げてあぶな絵のモデルにしたいという。冗談でなく、このことが銀星会の会長の耳に入っただけで、佐竹が消されることは間違い無かった。

　だが、佐竹は引かない。頭を深く下げて黙っているが、自分の言葉を撤回する気は毛頭無い様子だった。

「覚悟はできているのね？」

「女将さん！」

「心配いらないわよ、番頭さん。私は、こんな申し出を受けるつもりはありません」

「そんなこと、当たり前です」

「でも、死を覚悟して直談判《じかだんぱん》に来た、佐竹さんの心意気は認めてやりたいじゃないの」

「女将さん！」

　そして菊乃は立ち上がった。

「佐竹さん、あなたの願いを叶《かな》えてあげる訳にはいかないけれど、ゆっくりしていらっしゃいな。私どもは精一杯のおもてなしをさせていただきますから、何かあったら何でもおっしやって下さい」

そして、一切の費用は桃水園持ちで佐竹のことを歓待し、帰りの小遣い銭まで持たせて送り出してやった。

(あれが良くなかったのかしら)

最初の歓迎に味を占めたかのように、佐竹はその後も頻繁に顔を出した。少し仕事に空《あ》きができると桃水園に顔を出すのだが、元々そんなに仕事の無い男だから、本当に頻繁にやってきた。与えられる寝床が蒲団部屋になり、出される料理が賄《まかな》い料理の余り物になっても、一向に気に掛ける様子は無かった。菊乃が佐竹を避けるようになっても構わず、佐竹は足繁く通い詰めてきた。そして菊乃の姿を見つけては、その前で土下座を繰り返すのだった。

その熱心な態度に絆《ほだ》されたということなのだろう。仲居の態度が次第に佐竹に同情的になり始めていた。さっきの若い仲居の言葉にしても、半分は本心だった。

(冗談じゃないわ)

佐竹の想いを遂げさせてやるというのは、要するに、菊乃が佐竹に縛り上げられ、あられもない姿に着物を開《はだ》けさせられ、その恥ずかしい姿を絵姿に写し取られるということである。

(そんなことは絶対にごめんだわ)

そして菊乃は、大きく溜息《ためいき》を吐《つ》く。

（本当に、あの男のことだけは、何とかならないものかしら）

菊乃の眉間《みけん》に、険しい皺《しわ》が寄る。その険しい表情でさえ、菊乃の顔に浮かぶと何とも言えない色香が匂った。

夕暮れ過ぎて戻ってきた菊乃を待っていたのは四人の男女だった。うちの一人はやはり佐竹、もう一人は銀星会の若頭、鮫島《さめじま》だったが、残りの二人を菊乃は知らない。

「おう、女将。久しぶりだな」

菊乃が入って来た時、若頭の鮫島はもうすっかり出来上がって、真っ赤な顔をしていた。自分の隣りに菊乃を座らせようとして座蒲団を据えるが、菊乃はそれに気付かぬふりをして、若頭と対面する形で距離を置いて座った。酔った勢いで悪戯を仕掛けられるのを警戒したらしい。

若頭には、以前にも菊乃に悪戯を仕掛けた前科があった。若頭は一瞬、バツの悪そうな顔をして照れ笑いをする。

「お久しゅうございますね、若頭。今日は突然、何の御用ですの？」

挨拶をしながら、早くも菊乃の目は残りの二人の客の値踏みを始めている。

一番奥には若い娘が座っている。ミニ・スカートから長い脚を放り出し、へそ出しルックのタンク・トップと、およそ出せるだけの肌を露出している。肌は少し荒れ気味だが、年は若い。おそらく、まだ十代だろうと菊乃は踏んだ。

アンバランスな娘だった。手足も体も痩《や》せているくせに、乳房ばかりが異常に大きい。顔も頰《ほお》がこけるくらいに痩せているのに、目だけがぎょろりと大きく、その目が神経質そうに辺りをきょろきょろと眺めている。顔を動かさず目だけが忙《せわ》しく動き回るところが、また奇妙な感じだった。

そしてもう一人の男は、
菊乃の目がこっそり男の方を盗み見た時、男の方も菊乃を見ていた。二人の視線が、真正面から出会った。

「あっ」

思わず声を洩らしてしまうほどに、菊乃は狼狽えた。その男の視線から菊乃は、酷《ひど》く剣呑《けんのん》な雰囲気を感じ取ったのだ。

一般のやくざ者のように凄《すご》んでみせる訳ではない。ボディ・ガードたちのように、抜き身の刀のような殺気を発散させている訳でもない。男はただ、ぼんやりとして座っているだけだ。

だが、長年の旅館稼業の中で培ってきた菊乃の勘が、この男は危険だと告げる。危ないから近付くなと心の奥で何かが警告する。

年齢からいうと、男はこの座敷の中の誰よりも年長だろう。四十も半ばは過ぎている。だが、筋骨隆々として贅肉一つ無い体付きは、二十歳代の若者と競っても引けは取らない。

あの男に危険なものを感じるのは、あの筋肉の張りのせいだろうか。それともあの、目の奥の冷たい光のせいだろうか。

菊乃が男に気を奪われていることを感じたのだろう、若頭の目が笑った。

「源次、紹介するよ。この人が、ここの女将の菊乃さんだ。女将、こっちの男が、源次と言ってな、訳あって今は俺の大親友さ」

「お初にお目に掛かります。源次と申しやす」

「ここの女将は、会長も一目置いてる組の顔役だ。粗相《そそう》があると冗談抜きで、あんたの首が飛ぶぜ」

「そんな、いやですよ、若頭」

「いや、粗相だなんてとんでもない。どうぞ、お手柔らかに」

「ほらご覧なさい。こちらが怖がってらっしゃるじゃないですか。余計なことを言わないで下さいな」

「いやいや、これは失敬」

「菊乃と申します。どうぞ今後ともご贔屓《ひいき》に」

「いたみいりやす」

「気を付けなよ、女将。源次は縄師って奴でね。女を縛り上げてヒイヒイ泣かすのが商売さ。油断してるとあんたも腰が抜けるくらいにやっつけられちまうぜ」

「縄師？」

縄師という言葉を聞いて、菊乃の表情が一気に険しくなる。

「佐竹さん。あなたまた、変なことを企《たくら》んでいるんじゃないでしょうね」

「いや、僕は、別に……」

「だったらなんで、縄師なんです？　誰を縛ろうというんです？」

「この女ですよ、女将さん」

横から源次が割って入る。源次に押されて、目ばかりが大きい娘が菊乃の方を見る。その頭を、若頭がぐいを押さえて下げさせる。

「杏《あん》ってんだ。よろしく頼むよ」

「急の大きなイベントがありやしてね。来週までに、急いでこの娘を仕込まなけりゃならねえんでさ」

「で、桃水園の別館を借りようってことになったんだ。急な頼みだが、女将、頼むよ」

「そりゃ、そういうことでしたらできるだけのことはさせていただきますよ。でも、だったらなぜ佐竹さんも随《つ》いてきてるんです？」

「決まってるじゃねえか。絵を描かすためだよ」

「若頭。ご存じでした？」

「何を？」

「この方はね、私をモデルに枕絵を描きたいんだそうですよ」

「そうらしいなあ。女将にも随分迷惑を掛けてるみたいで、申し訳無いなあ」

「え、ご存じだったんですか？」

かっとなって、そちらがその気なら全て打ち明けてしまえと気負っていた菊乃は少し拍子抜けがした。それではもう、佐竹の奇行は銀星会にも知れているのか。

「会長も、随分とお腹立ちでな」

「まあ、会長のお耳にまで」

「女将は銀星会にとって大事な人なんでね。会長もひどくお怒りで、佐竹を処分しろということになったんだが」

「やめて下さいよ、若頭。私のために殺される人が出るなんて後生の悪い」

「いや、女将もきっとそう言うと思ってね、俺はこいつを連れて会長に詫《わ》びを入れにいったのさ。こいつが頭を下げて、悪うございましたと謝ってさえくれりゃ、後は俺が何とか収めてやろうと思ったんだが、こいつ、何とも強情で、どうしても女将の絵が描きたいときかねえ」

菊乃にも想像が付く。佐竹という男には、そういう意固地なところがある。そこに、菊乃も桃水園の者も、悩まされているのだ。

一見気が弱そうで、自分の言いたいことの一つもまともに言えないくせに、佐竹はその一点だけ、どうしても折れようとしないのだ。

「とうとう、会長の方が折れてね。で、ちょっとした賭けをすることになったんだ」

そこで若頭は、一拍間を置くように盃を含んだ。

「その賭けについちゃ、女将にも迷惑を掛けることになっちまうんだが」

「何です？　面倒な話ならごめんですよ」

「あいにく、ひどく面倒な話なんだ」

横に控えている源次が盃を舐《な》める。酒を含みながら、菊乃のことを覗き見ている様子が菊乃の視界の端に感じられる。相変わらずのぼんやりとした視線だが、背筋を凍らす冷たさがある。できることなら今すぐにでも、この場から逃げ出したい。菊乃は小さく、生唾《なまつば》を呑み込んだ。

「つまりね、こういうことだ。今回のこの杏の仕込みに女将にも立ち会ってもらって、その間に佐竹が女将を説得する」

「あっしも、佐竹の野郎の助太刀《すけだち》に立つんですがね」

横から源次が口を挟む。先ほどからの源次の視線が獲物を見る目付きだったことに気付き、菊乃の恐怖感はさらに高まる。

「なんで、なんでこんな見ず知らずの方にまで口出しされなければいけないんです。佐竹さん一人の問題なら、一人で責任取るべきじゃないですか」

「それが、この賭けを会長に進言したのはこの源次でね。この男ももう、引くに引けないところにいるんだよ」

「お断りします」

菊乃は立ち上がった。

源次の視線は相変わらず、菊乃を刺し貫いたままである。菊乃の恐怖は頂点に達していた。今はもう、いっときも早くこの場を立ち去りたかった。

「悪いけれど、あなた方が勝手になさった賭けじゃありませんか。私には何の義理もございませんから、賭けへの参加はご辞退申し上げます。どうぞ、ごゆっくりなさっていって下さいませ。失礼します」

「女将が断ると、佐竹は死ぬよ」

立ち去ろうとする菊乃の背中に、若頭が言葉を投げる。菊乃の足が、止まる。

もし今の話が本当ならば、確かに佐竹は殺されるだろう。あれほど佐竹に迷惑を掛けられながら銀星会に苦情を持ち込まずにいたのも、そうなれば確実にこの男が殺されると思ったからだ。

振り返る。佐竹の熱い視線が、菊乃に向けられている。その目が必死に、菊乃に何かを語りかけてくる。

命乞《ご》いではない。佐竹の目には、死への惧《おそ》れとか生への執着とかいったものは一切感じられない。

この期《ご》に及んでこの男は、まだ菊乃の縛り絵を描きたがっている。自分の命が死の淵に置かれていることに、この男はまるで気が付いていないのかとさえ思えた。

いい年をして、小鳥のように無防備な男だと菊乃は思う。どうしてこんな男が、切った張ったの極道の世界の真っ只中を生き抜いてこられたのだろう。

いや、小鳥のような男だからこそ、生きてこられたのかもしれない。会長がこの男を殺すことを躊躇《ちゅうちょ》したのも、この度を過ぎた無防備さゆえだろう。

菊乃もまた同じだった。自分の手で、この男は殺せない。

「もし佐竹さんが、賭けに負けたらどうなるんです」

「証文も書かせてある。もし一週間以内に女将を口説き落とせなかったら、こいつは二度と女将の前に顔を出さない。その約束も守らないようなら、その時は俺がこいつに引導を渡す」

「もし、私が負けたら」

若頭の口元が、にやりと笑う。

「さあそれは、そうなってみないと分からねえな」

「会長も、そういう私の姿を見たがっているのかもしれませんね」

「考え過ぎだろう」

菊乃は若頭の表情を読もうとするが、作り笑いの奥の若頭の真意は読み取れなかった。

「そちらの賭けに付き合っている間の、この宿の切り盛りはどうしたらいいんです」

「今までだって何日か空けて幹部会議に合流したことがあったじゃねえか。番頭や仲居頭に任せておきゃ大丈夫だよ」

「むりやり押し倒して縛り上げるなんてのはごめんですよ」

「そんなことすりゃ、俺の命だって危ねえやな。何しろ、女将は組の大幹部だからな」

「その大幹部を縛り上げて慰みものにしようってんだから、いい度胸ですよ」

そして菊乃はまた、佐竹を見る。相変わらず佐竹は、燃えるような目付きで菊乃を見詰め続けている。

（佐竹さん、あんたのお陰で、私はとんでもないけものと闘う羽目になっちまいましたよ）

佐竹の横には、若頭と源次が居る。一人は文字通り生死の修羅場を生き抜いてきた猛虎であり、一人は縄で数知れない女たちを屈服させてきた狡猾《こうかつ》な狼であった。

そしてその後ろには、こんな形で菊乃を見捨てて、堕《お》ちていく様を眺めてみたいと舌なめずりしている老練な獅子が居る。

こんな危険な男たち相手に、菊乃は一週間闘い続けなければならないのだ。

自分が、菊乃をどんなに危ない立場に追い込んでしまったか、気が付きもしない様子で、佐竹は菊乃をまっすぐ見詰めている。

「若頭、もし賭けに負けたら、その時は必ず、約束を守って下さいよ」

「ああ、約束しよう」

若頭は、盃を一気に呷《あお》ってみせた。

三

桃水園の裏口から、一本の細い小道が続いている。そこは一般客が立ち入ることのできない、桃水園の裏の顔の一つだった。

小道の両側は高い木立に隠され、周りからは見えない。従って、この小道の先の坂を上りきった辺りにぽつんと立っている別荘が桃水園の所有であることは、地元の者でさえあまり知らない。

そこは銀星会が密かに用意したスタジオだった。このスタジオの中でこっそりと撮影されたビデオや写真集の売上は、銀星会の資金源の一つになっている。

今回の源次の仕込みはこのスタジオの中で行われる。そして菊乃も、その場に立ち会わなければならない。それが今回の賭けの約束だった。

細いだらだら坂を上りながら、菊乃の足取りは重い。菊乃を餌食にしようとするけだものたちの檻《おり》の中に自ら入っていこうとしているのだから、それも当然のことだった。

だがこんな時でさえ、菊乃の姿勢は凜として揺るがず、背筋もまっすぐ伸びている。

ある意味でそれは哀しい職業病だった。ほんの一瞬であれ、菊乃は自分が桃水園の若女将であることを忘れることは無いのだ。

別荘の窓には、そしてガラス戸には、全て黒いフィルターが張られていて、中の様子が全く見えなくなっている。外の景色を背景に、開放的なセックス・シーンを撮影するための工夫だった。

昨日の、胸ばかりが大きい痩せた杏という娘も、あのガラス張りのテラスの中で、セックスをさせられるに違い無い。そして菊乃も、もし少しでも気を抜けば、娘と同じ目に遭わされるのだ。

ドアを開ける前に菊乃は大きく息をして、そして意を決したように中へと入っていった。

「おお、女将、遅かったじゃないか。こっちだ、こっちだ」

板張りのテラスの隅に虎の毛皮の敷物を敷かせ、若頭が胡座を掻いて座っている。テーブルや椅子もあるのだが、若頭の気に入らなかったのだろう、別室に片付けられてしまっている。

若頭の前には二の膳まで用意された膳が並び、二合徳利が二本ほど添えられている。隣りに並んでいるお膳は菊乃の分らしい。

「さあ、ここに座ってくれ。女将が来ないんで、今まで待っていたんだ」

「お待たせして申し訳ありませんでした。こちらに座らせていただいて、ようございますか？」

「水臭いなあ、女将。もうちょっとこっちに来てくれよ」

「いえ、私はこちらで結構でございますから」

「そこじゃあ、俺が酌をしてもらうのに不便じゃないか」

さっそく若頭は、菊乃に馴《な》れ馴《な》れしく近付こうとしている。むげに断る訳にもいかないので、菊乃は若頭の横に寄り添うように座り直した。だが、菊乃の肩を抱こうとする若頭の腕はやんわりと外して、膝《ひざ》の上に戻した。どうせそうされることは分かっていたという様子で、若頭は照れ笑いをする。

他の幹部連中もそうだったが、この若頭も、何度も菊乃にちょっかいを掛けてきた。ホテルに連れ込まれそうになったこともあるし、擦れ違いざまにお尻や胸を触られそうになったこともある。酒の場で、みんなが見ている前で押し倒されかけたこともあった。そんな若頭のそばで一週間を過ごさなければならないと思うと、それだけで全身に自然と冷や汗が滲んでくる。

一見穏やかに和《なご》んでいるように振る舞いながら、菊乃の全身は既に臨戦態勢にあった。

例の、杏というお乳の大きい娘は、既にシャワーで身を清めてきたのだろう、白いバスローブに身を包んで、姉さん座りで座っている。バスローブの下は一糸纏わぬ裸だろう。髪も、一応乾かしてはあるのだろうが、まだうっすらと湿り気を残してつやつやと光っている。娘は若頭とも菊乃とも視線を合わせようとせず、ただ煙草をふかしていた。視線はなんとなくガラス戸の向こうの街の景観にぼんやりと向けられているが、それも特に眺めているという様子でもなかった。

目の前に置かれた安物の灰皿の周りに、娘が飛ばした灰が点々と落ちている。火元責任者でもある菊乃は、ちょっと不機嫌な顔をした。

佐竹は床に胡座を搔き、絵描きらしく画材を広げていた。鉛筆やフェルト・ペン、筆ペンの類《たぐ》いが何種類も並べられる。大小のスケッチブックが何冊か積まれて、それとは別に厚めの紙を束ねた袋も横に置かれていた。

奥から、源次が現れる。赤褌一丁の裸である。日焼けした、贅肉一つ無く引き締まった体は、まるでギリシャ彫刻のように均整が取れている。

菊乃は思わず目を伏せた。源次の裸は、あの冷たい視線以上に危険だ。

どさりと音がする。右手に抱えていた縄束を、源次が床に投げ出したのだ。たった一人の女に使うのになんでこんなにと思うほど、大量の麻縄の束だった。

「若頭、女将さんもいらしたみたいなんで、そろそろ始めさせていただきやす」

「ああ。頼むぜ」

そして菊乃の肩に腕を置いて、

「女将を思いっきり、昂奮させてやってくれ」

菊乃はされるがままになっていた。だが、もしこの手が反対側の肩に回って抱き寄せようとしたら拒絶する。いつでも立ち上がれるように、右手をそっと床に置いた。

源次は胸の大きい娘の横に片膝立ちで座った。娘は源次にまるで気付かないかのように、そっぽを向いている。

「お嬢さん、始めさせていただきますんで、煙草を消してもらえやすか」

娘は、まるで聞こえない様子で煙草を吸い続けている。

源次の手が、すっと動く。娘が咥《くわ》えている煙草をぱしんと叩き落とす。かのように見えた。それほど源次の手の動きは素早かったのだが、火の点《つ》いた煙草はそのまま源次の指先に移っていた。叩き落としたのではなく、掠《かす》め取ったのだった。

その時の指先が唇にも当たったのだろう、娘は一瞬、怯《おび》えたような表情になった。だが、すぐに気を取り直し、反抗的な目で源次を睨み付けると、新しい煙草を取り出そうとする。

その両手を、源次が捻《ひね》り上げる。背中で一つに束ねると、慣れた手付きで縄を掛けていく。

「やめろよ」

娘が不機嫌そうな声を出す。昨夜顔を合わせてから、初めて聞く杏の声だった。

源次は構わず、てきぱきと縛り上げていく。バスローブの上から胸縄を這《は》わせ、ぐっと引き絞ると、大きなお乳がさらにせり出し、大きさが強調される。縄が引き絞られる一瞬、杏という娘はぐっと呻き声を洩らす。

「おやじ」

薄汚い中年男という意味である。精一杯の悪意を込めて、娘は源次にこの言葉を投げ付けた。

「あっ!」

さっきの言葉に対する仕返しという訳ではないだろうが、突然源次は、杏の胸元を大きく引き剝《は》いだ。上下に挟まれた縄の隙間から、はちきれそうな乳房が二つ、ぷるんと剝き出しになる。

「や、やだ!」

思った以上に娘は狼狽えた。体を右に左に揺すってみたり、前に体を倒そうとしたり、なんとか裸の胸を隠そうとするのだが、源次がそれを許さない。後ろから両肩をしっかり押さえて、娘の体を菊乃や若頭、そして佐竹の方に向けさせたままじっと押さえ付けている。それでも娘は、腰をくねくねと動かしたり、頭を振りたくったりして、無駄な抵抗を繰り返している。

佐竹が最初の絵を描き始めた。筆ペンを使って、標準的な大きさのスケッチブックの上に娘の姿を描き写していく。あっと言う間に一枚描き上げた佐竹は、スケッチブックの紙を捲《めく》り、次の絵を描き始める。まるで写真家が次々にシャッターを切るように、描いては捲り、捲っては描きしている。

それは異様な光景であった。羞恥《しゅうち》に震え悶える娘を、一人の男は淡々といたぶり続ける。もう一人の男は、女がどれほど苦しんでいようとまるで気にもならない様子で、絵を描き続けている。

そして菊乃と若頭。女が責められている様を見ながら酒に興じている二人も、充分異様な存在ではあった。

「うっ」

突然、源次が娘の体を前に投げ出す。両手を縛られて受け身を取れない杏は、肩の辺りをしたたか床に叩き付けられる。

「や、やめろ、このスケベ爺《じじ》い！」

源次が娘の左脚を畳み、縄を掛け始めた時、娘は心底腹を立てた様子で大声を上げる。大きな目はさらに大きく見開かれ、源次のことを睨み付けている。

だが、源次はまるで頓着しない。曲げたまま固定された左脚の縄尻を背中の縄目に結び付ける。左脚は開いたまま固定される。

そして源次は、残った右脚の足首に新しい縄を括《くく》り付けた。

源次が天井を見上げる。そこには、何組かの滑車が取り付けてある。桃水園に内緒で、ビデオの撮影スタッフが取り付けてしまったものである。源次は、この滑車を利用するつもりらしい。

「あああっ！」

娘の右足首に括り付けられた縄が、滑車で吊り上げられる。娘の下半身は滑車に吊られ、背中の下半分までが床から浮いた。バスローブの端が捲れ上がり、臍《へそ》の辺りまで下半身が剝き出しになる。

予想通り、杏は下着を穿《は》いていなかった。うっすらとした少女の陰毛、そしてその陰毛に囲まれた割れ目までが、天を仰ぐ形で剝き出しにされた。

「どうしたい、女将。目を伏せちまって。ちょっと刺激が強過ぎたかね」

「馬鹿なことを言わないで下さいよ。私はただ、あんなものを見たくないだけですよ」

「正直に言いなよ、女将。少し、昂奮してきたんだろ？」

菊乃は、怒りに燃える目で若頭を睨み付けながら、こう言った。

「言っときますけどね、若頭。剝き出しにされた女のあそこを見て昂奮するのは殿方だけですよ。女はね、自分のあそこだって気味が悪くてろくに見られやしないんですから」

「そんなものかね。だったら……」

若頭が、立ち上がっておもむろにズボンを脱ぎ始める。

「剝き出しの男のあそこなら、見て昂奮……、い、痛え！」

菊乃は、立ち上がった若頭の股間を思い切り抓《つね》っていた。袋の皮の上から中の玉も少し摘《つま》んでしまったらしくて、若頭は本気で目を剝いて悲鳴を上げ、そのまま床に突っ伏してしまった。菊乃はさすがに謝りかけたが、お調子者の若頭にはこのくらいのお仕置きは当然と思い直し、知らぬ顔を決め込んだ。

「ひ、ひでえなあ」

若頭はちょっと涙目になりながら菊乃に恨み言を言った。半分ずり落ちたズボンからはみ出したお尻を思い切り突き出して股間を押さえている姿は、とても銀星会の若頭とは思えない情けなさである。

娘の体がゆらゆらと揺れる。床に付いている上半身と頭だけでは、体の安定はままならなかった。かと言って、両腕は背中で括られたままである。右脚はまっすぐ吊り上げられて身動きならないし、左脚でなんとかバランスを保とうとしても、膝で畳まれて伸ばせない状態では、ほとんど助けにはならない。

そんな娘の唇に、源次は唇を重ねた。それが源次の戦闘開始の合図だった。

源次が唇を離しても、娘はことさら源次を無視するようにそっぽを向いていた。源次は源次で、そんな態度は少しも気にならないという様子で娘の背中に回り込む。

源次の両手が背後から娘の双つの乳房を鷲摑《わしづか》みにする。たわわに実った若い果実が乱暴に揉みしだかれる。

それでも娘は、怒ったような顔で横を向いたままである。

源次の唇が、娘の背中を這う。腰の後ろの窪みに息を吹きかけながら、尖《とが》らせた舌先をゆっくりと上下に動かす。

娘はまるで無反応であった。

源次の指の動きが変わる。四本の指で乳房を揉みながら、人差し指だけが乳首に添えられ、指先で乳首を弾《はじ》くような動作を繰り返し始める。

突然、杏が驚くような大声で叫び始めた。

「うわあああ！」

突然のことで、佐竹も菊乃も、あの若頭さえも、びくんと飛び上がった。

「わああぁ！　わああぁ！」

杏は吼《ほ》えるようなだみ声で叫び続けている。頭を振りたくり、腰を揺り動かし、とにかく動かせる限り、全身をのたくらせて暴れ回る。

「な、なんだ、あの小娘。気がふれたんじゃないのか？」

ズボンを穿き直しながら、若頭が呟く。実際、この娘の所業は正気の沙汰《さた》とは思えなかった。

だが、菊乃は見た。源次の愛撫《あいぶ》に反応するように、杏という娘の膣が、お尻の穴が、閉じたり弛んだりしているのを。

(感じているんだわ)

負けん気の強いこの娘は、源次の愛撫に屈服する自分が許せないのだろう。だからこうして、大声を上げて、全身をばたつかせて、自分の体の反応を悟られまいとしているのだ。

源次は、そんな娘の反応など知らぬ素振りで、乳房と背中への愛撫を淡々と続ける。

「わああぁ！　わああぁ！」

娘も意固地である。源次が愛撫を続ける限り、自分は叫び続けるのだとばかりに、大声を上げ続けている。

だが、努力も空《むな》しく、杏の体は彼女を裏切り始める。娘の体の動きに、単に暴れているのとは違う動作が交じり始める。膣の痙攣《けいれん》が腹の筋肉の辺りに広がっていって、何かの発作に突き動かされるかのように、体がぴくっ、ぴくっと震えるようになってくる。股間の割れ目からは愛液が滲み、ぬめぬめといやらしい光沢を放ち始める。

「わ、わああ！　うわああ！」

それでも娘は抵抗を止めない。眉を吊り上げ、眉間に縦皺を寄せ、大きな声を上げ続けている。

源次の舌が突然、背骨の辺りから脇腹に移る。体側を舌先で下から上にすうっとなぞられ、娘の体がびくんと躍る。

それでも杏は叫ぶのを止めない。

源次が、娘のお尻にキスをする。お尻の肉を吸い上げるようにしてちゅぱっ、ちゅぱっと音をさせるたび、娘の体がくねくねと動く。

それでも娘は叫ぶのを止めない。

娘の股越しに、源次の頭が現れる。顎《あご》で娘の膣を圧迫しながら、源次の舌が娘の敏感な肉芽をちろちろと舐める。娘の腰がぶるぶると震え始める。いったん震え始めると、その動きはもう止められなかった。

それでも杏は叫ぶのを止めなかった。

「こいつぁ、気の強い女だなあ」

若頭が思わず呟いた。もう源次の責めは、かれこれ二十分は続いている。その間、娘はずっと叫びっぱなしなのだった。そのスタミナ、持久力には菊乃も驚き、そして娘の若さに嫉《しっ》妬《と》を感じた。もし菊乃が同じことをしたとしても、すぐに息が切れて続かなくなるだろう。

「限界だな」

そう呟いて、源次は愛撫を中断して立ち上がった。そして縄を解《と》いて、吊り上げていた娘の右脚を下ろし始める。

肩で体を支えているとはいえ、これ以上の逆さ吊りは危険という判断だろう。もしこれを源次と娘の根比べと考えるならば、源次の方が負けたことになる。

娘の体が床の上に長々と横たえられた。

胸の大きな娘は、肩ではあはあ息をしている。散々暴れ回ったのと、延々と大声を上げ続けたのと、源次の愛撫でとことん翻弄されたのと、様々な要因が入り混じって、杏の呼吸は簡単には整いそうになかった。

そんな娘の体に、源次は後ろから寄り添う。そして、おもむろに娘の右耳を唇で塞《ふさ》ぐ。

「あ、あはあぁ！」

すっかり脱力し切っていた娘の体が、ぐんっと反った。体中にいきみが走り、大きな目は飛び出しそうに見開かれている。口は酸欠の金魚のようにぱくぱく動いているが、辛うじて声を呑み込んでいる風情だった。

明らかに杏は、隙を衝《つ》かれた。長い源次の責めにようやく耐え切った安心感で、次の責めに対する心構えを忘れていた。何より、自分の耳の穴の中がそれほどまでの激しい感覚を生じることを、この娘は今まで知らずにいたらしかった。

頭の先から足先まで、娘の全身に力が入る。足先はバレリーナのように反り返り、両手はこぶしを作って強く握り締められている。頭はぶるぶると小刻みに震え、目は焦点定まらず宙をさまよっている。そして唇は、喉の奥から湧き起こってくる呻き声を、必死で堰《せ》きとめていた。

実際、今の杏に、さっきまでのように大声を上げてごまかすことなどもうできない。声を出せば、それは艶《なま》めかしい歓喜の嬌声になってしまう。だから必死で声を呑み込むしか無い。ほとんど極限状態にある娘の耳に、源次の執拗《しつよう》な責めが続く。耳の表面を唇で擽《くすぐ》る。熱い息を耳の穴の中に吹きかける。舌先で、入り口の辺りをちろちろ舐める。耳朶《じだ》を甘噛《あまが》みして軽く引っ張る。源次の責め方が変わる度に、娘の体も正直に反応して蠢《うごめ》く。

長い責めの果てに、ようやく源次の唇が離れる。はあああ、と長い溜息を出して、娘の全身から力が抜ける。再び床に横たえられた杏は、さっき以上にぐったりとして、さっき以上に荒い息をついていた。眉間に寄った皺が消えないのは、強烈過ぎた刺激が体の中に籠《こも》って、なかなか消えなくなってしまったためだった。

再び源次が、娘の上半身を抱き起こす。源次の唇が、今度は左の耳を狙っている。そのことに気が付いた娘は、心底怯えた表情になった。

「駄目、もういや」

初めて杏が、気弱な言葉を吐いた。さっきの耳責めが、相当に効いたらしかった。

だが、源次に容赦は無い。這うようにして、唇を杏の左耳に近付けていく。さっきよりも殊更《ことさら》ゆっくりと動いていくのは、物理的な愛撫よりも精神的な責めでこの娘を追い詰めていくつもりだろう。

いつ襲ってくるかしれない源次の唇の緊張感に耐えかねて、胸の大きな娘は肩に頭を押し当てて必死で左耳を塞ごうとしている。

もちろん、そんなことで完全に耳をガードすることはできない。源次がそのガードを突破して娘の耳を蹂躙《じゅうりん》することは、いとも簡単なことだった。

だが、源次はそれをしない。娘が守ろうとする左耳には攻め込まず、首筋の後ろを這いながら、もう一度右耳の方に近付いていく。

「ああ、いや、駄目ぇ!」

さっきまでの強烈な感覚のまだ残っている右耳がまた狙われると気付き、娘は気の毒なほど狼狽える。頭を反対の方に傾け、右の耳を肩に押し当てる。源次は急がない。再び首筋の後ろを伝って、左の耳を目指す。杏の頭が左に傾《かし》ぐ。

そんなことを繰り返すうち、だんだん娘は首筋のくすぐったさに耐え切れなくなってきたようだ。右に左に振れる頭がだんだん後ろに傾いで、いつか、両耳は全くガードできていない状態になる。

いまや全く露出してしまっている耳の穴を、陵辱することは易《やさ》しい。だが、娘の抵抗力を根こそぎ奪ってしまうつもりらしい源次は、それでも娘にとどめを刺さない。唇は一旦耳から離れ、今度は杏の唇を奪う。虚を衝かれた娘は、あっと小さい悲鳴を上げた。

そのキスも、普通のキスではない。源次は娘の肌と唇の境目の、一番敏感な部分を丹念に辿《たど》っていった。杏の眉が、切なそうな表情を作る。舌がちろちろと頭を覗かすのは、唇全体に広がってくるぞわぞわとした感触を少しでも和らげようとしているのだった。

そして再び、源次の唇が杏の左耳を狙っていく。

娘はじっとしている。源次の唇が擽るように左耳に這い寄ってくるのに、体を震わせながらじっと耐えている。

杏はとうとう観念した。いや、むしろ、首筋や唇のもどかしい感覚に誘発されて、杏自身がもっと激しい刺激を欲しくなってきたということだろう。

源次の唇が左耳を塞ぐ瞬間、杏の唇が微かに動いた。蚊の鳴くような細い声で、何かを呟いた。

その声はあまりに小さくて、源次にしか聞こえなかった。

だが、菊乃ははっきり、その唇を読むことが出来た。杏の唇は、確かに「ごめんなさい」と動いていた。

なにに対してごめんなさいなのか、当の本人にも分かってはいないだろう。だが、あれだけ執拗に責め立てられて最後に屈服する瞬間、思わずそう呟いてしまう心理は、菊乃にも分からないではない。

ともあれ、驚くほど長い抵抗ではあったが、杏はとうとう源次に全面降伏したのである。

「あああ!」

耳を吸われた娘の全身がぐうん、と反り返る。娘の上半身の上に圧《の》し掛かっている源次の体からはみ出た両脚に、床から浮き上がってしまうほどの力みが入った。そして、脚はそのまま宙に浮いた状態で固まってしまった。

時々、膝がちょっと曲がる。だがまた、ぐぐっと伸び切る。時には、震えていた。時には、助けを求めるようにもがいたりもした。

「ああん、ああん、……ああ、駄目、もう、いやあ」

もう、声を殺すことができない。抵抗を続けてきた娘は、自分が感じてしまっていることを示す甘い切ない喘《あえ》ぎ声を出し続けている。

右耳以上に長く左耳を責め立てて、源次はようやく唇を離した。虚《うつ》ろな目付きで源次の顔を見る娘の目に、今度は何をしてくれるのとでも問いたげな甘えた光が宿り始めていることに、菊乃は気付いた。

源次は娘の上半身を起こさせると、その後ろに胡座を掻いて、体をぴたりと密着させる。右足だけを娘の体の前に回し、娘の股間にぐっと押し付ける。娘は一瞬だけ体をぴくんと震わせたが、すぐに源次の為《な》すがままになる。

源次の両手が後ろから前に回される。胸縄からはみ出している乳房を、両手でぐいと鷲掴みにする。

「あ、ああっ」

さっきの徹底した反抗振りとは打って変わり、娘は源次の愛撫にあっさり身を委《ゆだ》ねる。首を後ろに大きく反らせて、身動き取れないなりにも少しでも多く源次の肌と触れていようとする。首を必死で後ろに捻じ曲げ、目で源次に唇を求める。源次は杏の求めに応じて、彼女の唇に接吻をする。

長い口付けであった。唇と唇の間から、二人の舌が行ったり来たりしながら縺《もつ》れ合っている様子が見える。娘の表情が恍惚《こうこつ》としたものになってくる。

「お願い。先を」

ようやく二人の唇が離れた時、杏は源次に呟いた。

「先？ 何の先だ？」

「お乳の、お乳の先を」

乳首をいじってくれという意味だった。さっきは、乳房全体を揉みながら同時に乳首も責めていた。だが今は、乳房だけを延々と揉み続けている。痒《かゆ》いところに手の届かない、そのもどかしい責めに娘は焦《じ》れていたのである。

突然、娘の体ががくがくっと揺れる。

「は、はああっ！」

彼女の言葉を待っていたように、源次の指が双つの乳首をぎゅっと摘み上げている。人差し指と中指に挟まれて、娘の乳首がぐりぐりと潰される。待ち侘《わ》びていた果ての最初の感覚があまりに強烈過ぎて、杏はそれを受け止めかねていた。

「や、やめて、いや、いやあっ！ き、きつい」

「きつい？ どう、きついんだ」

「か、感じ過ぎるぅ」

「感じ過ぎる？　そんなに感じるのか？」

娘の頭ががくがくと縦に揺れる。

「ほら、固くなった乳首をこういうふうにされると、感じ過ぎるのか？」

「あっ、ああっ！　駄目！」

「こうやって、思い切り抓られると、感じ過ぎるのか？」

「ああっ、あああっ！」

「こうやって、根元の方を押し潰しながら先っぽだけ擽られると、もっと感じるんじゃないのか？」

「あっ！　あはああっ」

最後の責めは本当に強烈だったようで、娘の体は一段と激しく反り返った。腰の辺りがくねくねと動き、蓋《ふた》をされた源次のかかとに、しきりに陰部を押し付けている。腰の動きは前後だけでなく、横に揺するように動いたり、小さく円を描いたりして、杏が貪欲に快楽を求め始めている様子が手に取るように分かる。

菊乃は、自分の息が乱れてきているのを意識した。

源次の執拗な責めを目《ま》の当たりにし、体が火照《ほて》ってきているのはさっきから感じてはいた。

娘の乳首を源次がぎゅっと抓ったとたん、菊乃の乳首もずきんとした痛みを感じた。源次の執拗な乳首責めの間中、菊乃の乳首は疼《うず》き続けていた。

「あっ！」

突然、菊乃の肩が抱かれる。菊乃の体の変化を見て取った若頭が、腕を回してきたのだ。

「どうだい、女将。源次の仕込みはすごいだろ？　見ろよ、さっきまであんなに抵抗していた女が、もうめろめろになっちまった」

「若頭、悪い冗談はやめてください。怒りますよ」

「乳首を乱暴に扱われると、そんなに好いのかなあ？　女将も、乳首をああいうふうにされたら感じるのか？」

そして若頭は、着物の襟元からすっと手を差し込んで、菊乃の乳首をぎゅっと摘んだ。

「うっ！」

菊乃の頭の中で火花が飛んで、股間の辺りがずんと重くなる。体から力が抜けて、そのまま若頭の腕に身を委ねてしまう。

「あれ？　女将、もう乳首がこんなに固くなっているじゃないか。やっぱり女将も、今のを見ていて感じてたんだな」

調子に乗った若頭が、菊乃の乳首をこりこりと揉みしだく。菊乃は思わず目を閉じて、甘えたように頭を若頭の肩に凭《もた》せ掛けた。

そして若頭の耳元に唇を近付けると、小さな声でこう囁《ささや》いた。

「若頭、ここで若頭が私にしたこと、言ったことは、全部会長にご報告申し上げますよ」

そして菊乃は、若頭の耳朶をがぶりと嚙んだ。それは本気で耳朶を嚙み千切《ちぎ》ろうとするような、情け容赦の無い嚙み付き方だった。

「あたっ、あたたっ！　ま、待った！　ちょっと待った！」

菊乃は応えない。じっと目を閉じたまま、ぎりぎりと歯を食いしばる。このままだと、若頭の耳朶は本当に嚙み千切られてしまうかもしれなかった。

慌てて若頭は、菊乃の胸元に差し入れた手を引き抜く。菊乃の方も嚙むのを止めると、若頭は耳朶を手で押さえて、血が出ていないか、しきりに確かめていた。

「女将、ひでえじゃねえか」

「若頭のおイタが過ぎるんですよ」

菊乃はほつれ毛を直すように髪を押さえ、襟元を整え直すと、何事もなかったかのように二合徳利を持ち上げ、改めて若頭に寄り添う。

「さあ若頭。もう一杯どうぞ」

「ああ、痛え。女将、少しは手加減しろよ」

「こんな時に手加減なんかしていたら、若頭の思う壺じゃないですか」

そして澄ました顔で若頭の盃に酒を注ぐ。

源次の責めはまだ続いている。

菊乃は必死で平静を装っている。若頭と話したり、世話を焼いたりすることで気を紛《まぎ》らわし、乱れた自分の心を立て直そうとしている。

源次の方を意識して見ないようにしているのは、見ればまた自分がおかしくなってしまいそうだからだ。若頭の余計な悪戯のせいで、菊乃の乳首はますます過敏な状態になっている。少し身動きするだけで着物に擦れて、思わず溜息を洩らしてしまいそうに切ない。

だが、目は逸らせても耳は塞げない。娘が絶えず上げている喘ぎ声が菊乃の気持ちを千々に乱れさせる。着物の奥で、菊乃の女陰は熱い熱を帯び始めていた。

(一体、この男の責めはいつまで続くのだろう)

菊乃はそっと、源次の方を盗み見た。

杏という娘は右手と右脚、左手と左脚を括り合わせる形で縛り直され、うつ伏せにされている。頭と両脚で体重を支える形で、お尻だけが大きく上に突き上げられている。両膝は短い竹竿に括り付けられて、両脚を閉じることはできない。要するに、娘の後ろに立っている源次の目の前に、娘のあそこが剝き出しのまま曝《さら》け出されている状態なのであった。

源次が下帯を解く。既に固くなっている源次の一物が、娘のそこにあてがわれる。

「ああっ」

源次のものが挿入された瞬間、娘は甘く切ない呻き声を上げた。菊乃の腰も、ずんっと重くなった。

源次は、ゆっくりと自分の腰を突き出していく。ずぶずぶずぶという感じで、少しずつ娘の体の中に源次のそれが埋まっていく。源次の動きの間中、杏は蚊の鳴くような低い声を上げ続けていた。

ついに源次の腰が娘のお尻に押し付けられた瞬間、源次は駄目押しのようにどんと腰を突き上げた。子宮を強く突き上げられ、娘は、あああっと一声大きな声を上げた。

「あっ、ああっ」

また杏は、狼狽えた声を出す。腰を突き上げた源次が、今度はゆっくり腰を引き始めたからだ。その引き始めた腰が止まらずに、そのまま体の中から出て行ってしまいそうになる。

「どうして？　どうして？」

娘は辛そうにしきりにお尻を突き出すのだが、源次の動きは変わらない。

とうとうそれは、娘の体からすぽんっと外に飛び出してしまった。娘は床に顔を擦り付ける。泣きそうな惨めな気分に、必死で耐えているという様子だった。

「あっ、ああっ！」

だが源次はすぐにもう一度、娘の体を刺し貫く。さっきと同じゆっくりしたペースで、静かに体を埋めていく。そして子宮を一突きする。

そしてそれはまた、娘の体からゆっくり外へ出て行くのである。今回の責めは、そういう趣向であるらしい。

菊乃の体の中が、またかあっと熱くなってくる。

(やはりあの男、本物のサディストだわ)

女のあそこに男が入ってくる時には、格別の喜びがある。自分の中が男で満たされていく喜び、自分と男が一つに繋《つな》がっていく喜びが。

逆に言えば、男が去っていく時は、取り残されるような淋しさがある。それ以前にどれだけ満たされ、満足していたとしても、やはりその瞬間は淋しく、辛い。

今、娘は、そんな小さな喜びと、小さな不安を交互に味わわされている。物理的な刺激で肉体を責められている以上に、心が乱されているに違い無い。

もし、自分がこんな目に遭わされたとしたらおかしくなってしまうかもしれない。男の上に飛び乗って、二度と抜けないように腰を押し付けながら、狂ったように腰を振ってしまうかもしれない。

実際、今この娘は、源次の腰の動きに翻弄され切っている。源次が入ってくる時、杏は自分から迎えにいくように、お尻を源次の腰骨に押し付けていく。それが出て行こうとする時、今度は身動き取れない腰で必死にそれに追い縋《すが》る。膣を必死に締めて、それを離すまいとする。留《とど》めておこうとする。

そして結局、それが出て行ってしまった瞬間、娘はその度に、微かに悲しげな溜息を吐くのである。

だが源次は、すぐにまた挿入してくる。その度に、それが全く初めての侵入であるかのように、杏は官能に身を打ち震わせるのだった。

「もうやめて」

杏が頭を振る。その目には、いつしか涙が滲んでいた。十秒刻みで男に捨てられ、また抱き締められるような奇妙な責めに、すっかり精神を消耗し切っている様子だった。

「もう、これ以上虐《いじ》めないで」

「虐めている？　あっしがあんたを、虐めているっていうのかい？」

「ああ、お願い。お願いだから、もっと優しく」

「優しくってのは、どうしたらいいんだね。あっしがどうしたら、あんたに優しくしたことになるんだい？」

「もう、抜かないで」

それから娘は、源次のそれを、普通ならとても口には出せないようないやらしい呼称で呼んだ。

「……で、もっと激しく突いて」

「激しく？」

「……お願い、ああっ！　ああっ！」

突然、源次の腰が激しいピストン運動を始めた。一突き一突きが娘の子宮を突き上げるような、激しい腰の動きだった。娘のお尻と源次の腰骨がぶつかって、ぴたっぴたっと、餅搗《もちつ》きのような規則的な音を立てている。

散々焦らされた揚句の激しい責めに、娘は半狂乱になっていた。頭を振りたくり、乳房を振りたくり、髪を振りたくって激しく反応した。

特に感極まった時、娘の口は駄目ぇっとか、いやぁっとか、やめてぇっとか、大声で叫ぶ。だが、その合間合間に、杏は人に聞こえないような小声で、全く別のことを呟いていた。その言葉も、菊乃は口の動きで読み取ることができた。

娘は何度も、嬉しい、嬉しいと繰り返していた。誰に聞かすでも無く、源次にさえ聞かしている訳でも無く、娘はただ、胸の奥から突き上げてくる歓《よろこ》びを、口にせずにはいられない様子で呟き続けているのだった。

まるで娘の官能に煽《あお》り立てられるかのように、菊乃の体はどんどん熱くなってくる。脚の付け根の辺りが痺《しび》れたようになって、どくどくと脈打っているのがはっきりと感じられる。

(困った、どうしよう)

表向きは辛うじて平静を装っているものの、菊乃の体の疼きは極限に達していた。もしこの場に誰もいなかったとしたら、もし菊乃一人で誰に見られることも、声を聞かれることも無かったとしたら、菊乃は迷わず自分で自分を慰めていただろう。もしこの場に、菊乃が肌を許した男たちの誰かが居たとしたら、菊乃はその男にしがみ付き、体を開いたに違い無い。今の菊乃は、そんな状態になっていた。

体の芯が熱い。呼吸が乱れて、鼻だけで息をするのが辛くなってくる。生唾が湧いて、呑み込む音を殺すのが苦しい。

菊乃の体がピクンと揺れる。股間の奥で小さい波が来たのだ。

物足りないほどの微かなエクスタシーは、かえって菊乃の飢餓感を掻き立てる。菊乃は膝の上に添えた両手をそっと動かし、下腹部の辺りにぎゅっと押し付けた。なんとかその程度の刺激で、この焦燥感に耐えることができたら。

だが、火の点き始めた体は、その程度の刺激では収まりそうになかった。

隣りをそっと盗み見る。もし今の菊乃の状態を若頭に悟られれば、何をされるか分からない。

幸いにして若頭は、あまりに凄《すさ》まじい娘の乱れようにあっけに取られ、呆然《ぼうぜん》としている。今の菊乃の状態には、まるで気が付いていないらしい。

だが、安心はできない。昂奮した若頭は、いつ自分に襲い掛かってくるか分からない。そうなる前に、少しでも自分自身の劣情を冷ましておかなければならない。

「若頭、ちょっと失礼します」

「え、なんだ、どこにいくんだ」

「いやですよ。野暮なことを」

そして菊乃は、室外のトイレに行く態《てい》で立ち上がった。

最初の一歩を踏み出した時、バランスを崩して少し蹌踉《よろ》けた。ひっくり返りそうになる体を、柱に縋って辛うじて支える。腰の力が萎《な》えてしまうほどに、菊乃の体は今、欲情し切っている。

そっと、後ろを振り返った。

今の菊乃の様子にも、若頭はまるで気が付いていない。今まさに絶頂の瞬間を迎えようとして、一際《ひときわ》激しく乱れ始めた、杏という娘の方にすっかり気を取られていた。

もちろん、源次は菊乃の方に目も向けない。玄人《くろうと》気質と言うのだろうか、娘を責め始めてから、源次には他の人間がまるで目に映っていないように見えた。それほど源次は、娘の仕込みに意識を集中させていた。

佐竹だけが、菊乃を見ていた。

娘を描く手を止めて、佐竹は菊乃の方を見詰めている。今、不覚にも蹌踉けてしまった菊乃の醜態も、その醜態が示す菊乃の体の変調も、全てを見透かされてしまっているような気がした。

「佐竹さん。私の顔に、何か付いてます？」

「あ、いや、別に」

知らぬ顔をして話しかけてくる菊乃に、佐竹の方が狼狽えて目を伏せる。

ここで動揺しては、佐竹の想像を認めることになる、と、あえて見せた虚勢であった。菊乃は改めて腰に力を充《み》たすと、ゆっくりと奥へと進んでいった。

広いフローリングのスペースから出ると、幾つかの部屋を結ぶ廊下に出る。その廊下の突き当たりにある窓を開けて、菊乃は外の空気に当たった。

とにかく、火照った体を冷まさなければならない。心の中の興奮を鎮めなければならない。菊乃はゆっくりと、深い深呼吸をした。

窓の外には、青々とした木々がうっそうと繁っているのが見える。遠くで鳴く鳥の声、風に靡《なび》く木立のざわめきなど、そこには菊乃の心を包んでくれる、優しい風景が広がっていた。

すっかり見慣れたいつもの景色なのだが、ついさっきまで修羅地獄の真っ只中にいた菊乃の心には妙に響いた。ほんの少しずつではあったが、菊乃の体の中で燃え盛っていた劣情の炎が、去っていくようであった。

「女将さん、何をなさってるんです？」

突然、源次が菊乃の耳元で囁く。文字通り、飛び上がって驚いた菊乃は、慌てて振り向き、飛び退《の》いた。

窓枠に背中をぶつけるくらいに退いても、源次との距離はいくらも開かなかった。

（しまった）

菊乃は源次に話し掛けられるまで、彼がすぐ後ろに立っていたことに気付かなかった。いつもの菊乃なら、背後から誰かが近付いてくればすぐにその気配を察することができたはずだ。朝からの緊張から解放されて気が弛んでいたせいだろうか。今も微かに燃え続けている官能の炎が、菊乃の感覚を鈍らせていたのだろうか。

それとも源次という男は、気配を消して人に近付くすべを身に付けていると言うのか。

源次は辛うじて股間の赤褌を身に着けただけで、ほとんど裸だった。さっきまで娘の股間に差し込んだ一物を激しく動かしていた余韻か、源次の体からは男臭い体臭が微かに匂った。

「どうしたんですの？　さっきのお嬢さんは、放ったらかし？」

なんとか平静を装いながら、菊乃が源次に話し掛ける。

「いや、ちょっと休憩でさ。汗を掻いたんで、シャワーを浴びたいんですが、バスルームはどこでしょう？」

「バスルーム、ですか？」

菊乃は迷った。

浴室は、廊下のもう少し奥まった場所にある。案内しようとすれば、人気《ひとけ》のない場所で源次と二人きりになってしまう。

そうなれば、何をされるか分からない。この汗まみれの体で飛び掛かられ、押し倒され、身動きできないほど抱き締められた状態で着物の裾を割られれば、力弱い菊乃にはもうどうしようも無い。

いや、大声を上げて助けを求めることはできるだろう。だが、声を聞きつけて飛んでくるのはあの若頭や佐竹である。助けになるどころか、事態はますます悪くなる。

となると、ここは道順だけを教えて、源次に一人で行かせるのが一番無難な選択なのだが、やっかいなことに、それは菊乃にはできなかった。仮にも桃水園という大旅館を任されている若女将である。客に対して不躾《ぶしつ》けな対応をすることは、女将としてのプライドが許さなかった。

菊乃は、覚悟を決めた。奥まった廊下でもし源次が無礼な行動に出た場合は、それこそ死に物狂いで暴れ回って身を守る。もし守り切れなければ、その時は諦めるしか仕方が無い。

「こちらでございます。どうぞ」

優雅な手付きで奥を指し示すと、自ら率先して奥へと進んでいく。源次がすぐ後ろを随いてくるのは、汗臭い匂いが微かに匂い続けていることで分かった。

菊乃が立っていた窓から浴室まで、そんなに距離がある訳では無いが、菊乃にはその廊下が延々と続いているように思えた。背後の男が、いつ突然自分に抱き付いてくるかと思えば、気が気でなかった。

曲がり角を一つ曲がると、光があまり届かない一角を通る。うっすらと暗い廊下でけもののような男と二人きりでいることに、菊乃はたまらない惧れを感じた。

だが、源次は何もしなかった。

「どうぞ、ごゆっくり」

浴室に着くと、菊乃はガラス戸を開けて源次の前に道を空ける。菊乃の前を通り過ぎて浴室の脱衣場に入っていこうとする瞬間、源次は菊乃のまん前に立ち止まって、菊乃の目をまっすぐ見据えた。

菊乃の背中を冷や汗が伝う。脱衣場のガラス戸は、中から鍵が掛けられるようになっている。もし、源次が菊乃を強引に連れ込み、中から鍵を掛けて悪戯しようとすれば、もう菊乃に逃げる術は無い。

菊乃の口中に、生唾が湧いた。

だが、源次は軽く頭を下げて、こう言葉を掛けてきただけだった。

「女将さん、お世話を掛けて申し訳ねえ」

「あ、いえ、恐れ入ります」

頭を下げる菊乃を置き去りにした形で、源次はさっさと中に入っていく。中からガラス戸がすうっと閉められ、そしてカチリと鍵が締められる音がした。

浴室のガラス戸の前を離れて廊下を曲がり込んだ辺りで、菊乃は立ち止まって大きく息を吐いた。安心して肩の力が抜ける。本当はそのままへたり込んでしまいたかったのだが、辛うじてそれは堪《こら》えた。

「なんて怖い男」

菊乃は小声で、声に出して呟く。菊乃は心底、源次を恐れた。

自分の力ではどうしようも無い剣呑な力を、菊乃は源次に感じていた。こんな男に会ったのは生まれて初めてだ。若頭や銀星会の会長でさえ、源次ほど怖くはなかった。


菊乃がテラス・ルームに戻ってくると、タオルケットを上から掛けて貰ったまま、娘は長々と横たわっていた。目を開けているから眠っている訳ではないが、その目はまだ朦朧《もうろう》として焦点が定まっていなかった。あまりに激しいエクスタシーに圧倒されて、なかなか意識が戻ってこない様子だった。呼吸の乱れも、まだ完全には収まっていない。時々切なそうな表情になるのは、快感の余波が時々ぶり返してきているらしかった。

「なんだ、えらく時間が掛かったじゃないか」

菊乃が帰って来たことに気付いた若頭が声を掛けた。菊乃は愛想笑いをしながら、若頭の横に並ぶ。

「すみません。源次さんが、お風呂場の場所が分からないようなので、ご案内していたものですから」

「風呂場？　風呂なら、今朝一度入ってるじゃねえか」

えっと思わず、菊乃は無防備な驚きの表情になる。

「じゃ、源次さんは、お風呂場の場所をもうご存じなんですか？」

「ご存じも何も、昨日から何度も湯を浴びてるよ。あいつもとぼけた奴だなあ」

菊乃の頭にかっと血が上る。源次に騙《だま》された。そのことに自分は、全く気付いていなかった。いやしくも、桃水園の経営を一手に任された接客のプロの自分が。

おそらく源次は、探りを入れてきたのだろう。浴室に至る通路が奥まっていたり、薄暗かったりするのを知っていて、わざと自分に案内をさせたのだ。そして、その反応を観察していたに違いない。

その時、源次の汗の匂いがした。振り向くと、果たしてそこに源次が居た。

「どうしたんです？　もうお風呂はやめたんですか？」

「いや、ついでにこのお嬢さんも風呂に入れてやろうと思いましてね、戻ってきたんですよ」

怒りが込み上げてきそうになるのを、菊乃は必死で堪えた。

源次は最初から、娘と二人で風呂を浴びるつもりだったのだ。菊乃を試すために、わざわざ廊下まで出てきて浴室まで案内させたということだ。ご丁寧に、脱衣場に籠って中から鍵を締めるなど、なんと芸の細かいことではないか。

源次は褌を脱ぎ捨て、横たわっている娘の体の上のタオルケットもさっと剝ぎ取って、全裸のままで抱き上げた。

抱き上げられながら、娘は源次と見詰め合う。朦朧とした瞳に、俄《にわ》かに光が宿る。娘は源次にキスしてほしがっている。だが源次はあっさり視線を外すと、そのまま歩きだした。

それでも娘は、挑むように源次の目を見詰め続けている。わずか何時間かの情事で、どうやら娘はすっかり源次に参ってしまったらしかった。

素っ裸の娘を抱き上げたまま、これも素っ裸の源次が菊乃の前を通り過ぎる。源次のそれが、けっして大きい訳では無いが固く反り返った怒張が、菊乃の目の前で揺れる。それを菊乃は思わず目で追い、そしてそれから慌てて目を逸らした。

「さ、どうぞ、若頭」

源次が消えて、若頭の酒の相手を始めても、菊乃の心はさっきの出来事から離れなかった。あの男は一体、自分の心をどの程度に読んだのだろう。何に気が付いて、何に気が付かなかったのだろう。

その時、微かな女の声が聞こえてきた。菊乃は怪訝そうな顔で後ろを振り向く。隣りで若頭がにやりと笑う。

「源次の野郎、また始めやがった」

「始めたって、何を？」

「あいつの風呂は、責めの一つなんだよ。あの声は、風呂場で源次に責められている杏のよがり声だ」

　言われてみれば、それはあの娘の声だった。曲がりくねった廊下の奥の浴室の中からこのテラス・ルームにまで聞こえてくるのだから、娘はよほど大きな声で叫び続けているに違い無い。

　その声は切羽詰まった調子で、延々と続いていた。

「どうだい、女将」

「なんです？」

「あんな声をずっと聞かされて、股間の辺りがむずむずしてきてるんじゃないか？」

「いやですよ、若頭」

　笑って誤魔化したが、図星だった。

　聞くまいとしても娘の声は耳に飛び込んでくる。その乱れ切った声と、さっきまで目の当たりにしていた源次の責めの光景とが重なって、それが菊乃の体の芯に落ち着かない炎を点《とも》していく。

確かに、着物の腰の奥のところで、菊乃の股間は熱く濡れていた。源次の術中にはまり始めている自分に気が付いた菊乃は思わず唇を噛み締める。

(負けるものか)

菊乃は歯を食いしばり、そして背筋をぴんと伸ばした。それは、桃水園の若女将、菊乃のいつもの戦闘姿勢だった。

「ああ！　ああ！」

既に源次に屈服した、乳の大きい娘の喘ぎ声が家中に響く。その声を聞きながら、菊乃は膝の上で固くこぶしを握り締めていた。

「お疲れ様でございました。大変でございましたでしょう？」

昼食の指示に降りてきた菊乃に、番頭の中西が声を掛ける。銀星会会長の気紛れな提案に付き合わされている菊乃に対して、中西は心底同情している。

「本当に、大変だったわよ」

菊乃は菊乃で気心の知れた中西に甘えるように、心底疲れ切った表情を露《あらわ》にしてみせた。

「こちらはどう？　何か変わったことは無かった？」

「それなんでございますよ。ちょっと様子が変なんです」

番頭が言うには、表の客を別の宿に回さなければならないほど、その筋の客が続々と到着しているということなのだ。ほとんどの客が予約無しということで、これは全く異例のことだった。

「出入りが、始まるのでしょうか？」

「まさか」

菊乃は笑って打ち消した。もし出入りなら、地元の顔役にも根回しが必要になってくる。となると当然、真っ先に菊乃に連絡があるはずなのだ。

「一体何かしらね。もしかするとあの馬鹿げた賭けも、これに何か関係があるのかしら」

「はあ」

「とにかく、しばらく様子を見ましょう。お客様のお世話に気を付けてね」

「はい、分かりました」

「それから、明日からの一般客は、予約客も含めてなるべく他の旅館に回ってもらってちょうだい。念のためにね」

「はい、そう致します」

菊乃の顔から、疲れ切った表情が消えた。きびきびと指示を出す姿は、いつもの凜とした、桃水園の若女将菊乃に戻っていた。

四

昼食の手配が済んで菊乃が戻ってくると、源次と杏は若頭のそばでなにやら世間話に花を咲かせている。杏はすっかり恋人気取りで、源次の腕に纏わり付いていた。佐竹一人が、ぽつんと離れて、描き散らかした絵の整理をしている。菊乃はそれに近付いて言った。

「佐竹さん、お手伝いしましょうか？」

「あ、いや、大丈夫です」

佐竹の手元を覗き込む。再三モデルになってくれと口説かれている菊乃だったが、佐竹の絵を見るのはこれが初めてだった。

絵師と名乗るだけあって、確かに佐竹の絵は上手《うま》かった。勢いのある線で手早く描かれていながら、形を正確に、的確に捉《とら》えている。

特に、娘の体の特徴は見事に描き出されていた。娘の大きなおっぱい、そのおっぱいの先にきゅっとすぼまった乳輪と固く尖った乳首、おっぱいの下に寄った肉の皺や足の指の反りの微妙な表情まで、見事に描き込まれている。それは、思い切ってデフォルメされた簡潔な線画でありながら、妙な生々しさを感じさせる絵であった。

「すごいわ、佐竹さん。本当に、お上手ですわ」

「はあ、ありがとうございます」

「プロの絵描きさんが仕事なさるのを初めて拝見したけど、あんなに手早く描いてらっしゃるのに、こんなに綺麗に描き上がるのねえ」

「はあ、まあ、私の場合は、特別というか、本当のプロの画家が描くときはもっとじっくり描くものなんです。私のは、まあ、寄席芸みたいなもんで」

「でも、本当にお上手だわ」

菊乃は散乱する絵を一枚一枚眺めながら、記憶を頼りに順番に並べ直していく。

最初の絵は、娘が煙草を吸っている絵だ。そっぽを向いて、拗《す》ねたような、突っ張ったような顔付きで煙草を咥えていた。確かに菊乃がこの部屋に入って来た時、娘はこんな風にして煙草をくゆらせていた。

二枚目の絵は、源次が娘の煙草を取り上げた時の絵である。ただでさえ大きい目をさらに大きく見開いて、娘は驚きの表情で源次を見ている。そしてその一瞬の娘の顔は、源次の迫力に押されて怯えていた。

三枚目の絵の中で、娘は胸縄を掛けられている。四枚目の絵の中で、娘のバス・ローブの胸元がぐっと開かれ、双つの乳房がぽろんと飛び出してきている。慌てて両手で胸を隠そうとするが、両腕は後ろ手で括られていて身動き取れず、顎だけがぐっと前に突き出されている。

娘はだんだん欲情してくる。初めの拗ねたぶっきらぼうな様子から、次第に湧き上がってくる官能と必死で闘っている様子に変わっていき、そして次第に抑えが利かなくなって悶え始める様子へと移っていく。

その微妙な変化の一つ一つが、佐竹の絵の中に描かれていた。腰のくねらせ方、頭の反らせ方、足の浮かせ方に至るまで、佐竹の絵は娘の昂ぶりの様子を忠実に再現していく。その迫真の描写力に菊乃は舌を巻いた。

表情もまた、そうである。初め、丸描いてちょんという感じで簡単に描かれているように見えた顔が、切なく眉を寄せ、半開きの口から熱い吐息を洩らし、やがて切ない喘ぎ声を上げ始める。その刻々の表情の変化の様が克明に描かれている。しかも、丸描いてちょんの状態のままそんな複雑な表情を描き出しているのであるから、佐竹という男の画力は大したものである。

菊乃の手が止まった。娘の絵に交じって、菊乃の絵も描かれているのを見つけたからだ。

「佐竹さん、これは」

「はあ、ついでと言っては失礼ですが、女将さんの絵も描かせていただきました」

「一体、いつの間に、こんなものを」

「縛り絵じゃないんで、許していただけるかと思いまして」

「そりゃ、構いませんけれどね。それにしても、こんなにたくさん……」

　実際、よく見てみると、佐竹が描いた絵の半分は菊乃の絵だった。厳密に数えていくと、もしかすると菊乃の絵の方が多いかもしれない。

　最初は、この部屋に入って来てすぐにすっと正座をして、若頭から目を離さぬまま挨拶しているところの絵である。それから、部屋の中をさっと一瞥《いちべつ》し、若頭の横に並んで源次の仕込みを眺め始めるまで、まるでフィルムのコマ送りのように、その場その場の菊乃の姿が描き続けられている。

　菊乃の絵も、次第にその表情を変えていく。初め、余裕の表情で源次の責めを眺めていた菊乃の落ち着きが次第に無くなってくる。その様子も、連続した絵の中にしっかりと描きこまれていた。

　菊乃自身も気が付いていなかったことだが、絵の中の菊乃の目は次第にとろんとなってきて、唇をきつく噛み締めたり、ぽかんと半開きになったり、こっそり唇を舐めたりという動作が多くなってくる。時々生唾を呑み込んだり、肩で息をしている場面なども、ちゃんとそれと分かるように描かれているところが憎らしい。

佐竹の絵を見ていると、佐竹は娘の方を全然見ないで菊乃ばかり見詰めていたのではないかという気になってくる。佐竹は菊乃の所作の変化の決定的瞬間を、一つとして見逃していない。一体いつそんなに自分が観察されていたか、戸惑うほどであった。

例えば、股間に切なさが走って思わず腰を引いてしまった瞬間、娘の乱れようのあまりの激しさに思わず見入ってしまった瞬間など、菊乃にも覚えがある決定的瞬間が何枚も描かれていた。

若頭が菊乃の襟元に手を差し込んできた時の絵もちゃんと描かれている。あの時菊乃は若頭の耳朶に思い切り嚙み付いて難を逃れたが、乳首に触れられた一瞬、官能に負けた。その、官能に負けて思わず目を閉じてしまった一瞬と、その後、気丈にも若頭の耳に嚙みついた瞬間、その両方の瞬間とも、鮮やかに絵に描き止められている。

体が疼いてたまらなくなり、その場を逃げ出そうと立ち上がったが、腰の力が萎えていて蹌踉けてしまった。その一瞬も佐竹は絵に留めている。

その時の光景を佐竹は後ろからしか見ていないはずだが、その絵は正面から描かれていた。絵の中の菊乃の表情は明らかに欲情していたし、そして菊乃自身、その時の自分はきっとこんな表情をしていたに違い無いと思う。

源次を風呂場に案内して戻ってきた時の複雑な表情。源次に騙されていたと気付いた時の怒りの表情。風呂場から響いてきた嬌声にまた局部が熱く濡れ始めた時の辛そうな顔、目の前を通る源次の股間に思わず目を奪われた時の表情、はっと気付いて戸惑いを見せた時の菊乃と、佐竹はどんな瞬間の菊乃も見逃していない。

最後の絵の中で、菊乃は今までとは打って変わって、まるで少女のように邪念無く、何かに見とれている。

それが今、佐竹の絵に見とれている自分の絵姿だと気付き、菊乃ははっと顔を上げた。顔を上げた瞬間、佐竹と目が合った。

佐竹は相変わらず菊乃を見詰めている。そして、佐竹の手はさらに一枚、呆然として佐竹を見詰めている菊乃の絵を描き上げた。

「いやですよ、佐竹さん」

菊乃は生娘《きむすめ》のように頬を染めて、袖で顔を隠した。佐竹の筆で、心の奥底まで裸に剝かれたような恥ずかしさを感じたのだ。

そんな菊乃の恥じらいの姿も、佐竹は絵にしようとし始めた。たまらず菊乃は、佐竹の手から紙と筆を取り上げた。

「あ、女将さん……」

「もうご飯なんですから、絵はお終《しま》いです。言うことを聞かないと、怒りますよ」

まるで小娘のような、拗ね方をしてしまった。菊乃の中の心の動き、身の変化を次々に的確に描き取られて、菊乃は本当に、どうしたらよいのか分からなくなってしまったのだ。

菊乃に叱られてしゅんとした佐竹は、残りの三人の方へ大人《おとな》しく移動していった。

だが、菊乃には分かっている。どうせ佐竹は後で、記憶を頼りに菊乃の絵を描くのだ。袖で顔を覆って恥ずかしがっていた菊乃の絵と、小娘のような拗ね方で佐竹を叱っている菊乃の絵を。

その予感は、菊乃の心を甘く痺れさせる。さり気無く髪を撫で上げながら、菊乃は佐竹をそっと盗み見た。

食事の膳が運ばれ、酒宴が始まる。相変わらず、杏は源次に纏わり付いている。菊乃はさり気無く四人の間を動き、酌をして回っていた。

「ですからね、全ては自然の摂理なんです」

酔いが回ってきたのか、今日の佐竹はいつになく饒舌《じょうぜつ》である。菊乃がこんなに酔った佐竹を見るのも初めてだったが、こんなによく話す佐竹を見るのも初めてだった。今までの佐竹は、菊乃たちの前でよほど畏縮《いしゅく》していたのだろう。

しゃべる言葉を聞いていると、佐竹が意外にインテリであることが分かる。どんなきっかけで身を持ち崩したかは知らないが、本来、裏稼業の世界で生きていくべき人間ではなかったようだ。

「全ての始まりはね、人間が知的生物であることに問題があるんです」

「ほう、知的生物ね」

分かっているのかいないのか、若頭が適当な相槌《あいづち》を打つ。

「脳が極端に発達して、頭が異常に大きい。他の生きものみたいに、お腹《なか》の中でしっかり成長してから生まれるんでは、頭が大きくなり過ぎて母体が危ないんです。だから、未熟児で生まれてくる。頭が大きくなり過ぎないうちにね」

「ほうほう、未熟児ね」

「他の哺乳《ほにゅう》動物は、生まれてすぐに立って歩いたり走ったりする。人間の赤ん坊は、歩き始めるために一年前後掛かります。その一年は誰かが赤ん坊を守ってやらなければならない。人間に、母性本能とか、父性本能とかいうのがあるのは、そのせいなんです。自分の命を捨ててても小さな命を守りたいと思うのは、そうしないと人類は滅びてしまうからなんです」

「父性本能か。あいにく俺にゃあ、持ち合わせが無いなあ」

「いや、そんなことはどうでもいい、一番の問題はね」

「なんでえ。今のが一番じゃなかったのか」

佐竹の話に好い加減な合いの手を入れながら、結構若頭は上機嫌だった。こうして懸命に話し続ける佐竹の様子を見ていること自体が楽しいらしい。

源次も、なんとなくいつもより和やかな顔をしている。佐竹の雰囲気には、周りの人間を和ませるオーラのようなものがある。

「たとえ未熟児の状態で生まれても、赤ん坊の頭はまだ大きいってことなんです。人間の子を産むのは、大変な痛みを伴う仕事なんです」

「ほうほう」

「だから、人間の女性の体の中には、痛みや苦痛と快楽を同一視するメカニズムが組み込まれているんですよ。それは、出産の苦痛に耐えやすくするための、自然の知恵なんです」

「なるほど、そこに話を持っていくかい」

黙って話を聞いていた菊乃が、口を挟む。

「佐竹さんや源次さんには随分都合のいい理屈ですねえ。すると、なんですか。女はみんな、生まれつきマゾヒストの変態ってことですか」

「いや、だから、世の中の人間をマゾとそうでない人間にずばっと二つに分けるというのが間違いなんです。マゾ度0パーセントの人間も居ればマゾ度100パーセントの人間も居るということで、その間にはいろんな匙《さじ》加減のマゾが」

「同じことじゃないですか。佐竹さんの理屈からいうと、マゾ度0パーセントの女性というのは居ないんでしょう。みんな、何パーセントか、マゾっ気《け》を持っていることになるんでしょう?」

「いや、だからそれは」

「不公平じゃないですか。どうして女は、女に生まれただけでそう決め付けられなければいけないんです? 女と生まれてきただけで、こいつは鞭で打たれたり、蠟燭《ろうそく》を垂らされたりして悦《よろこ》ぶはずだと決め付けられなければならないんです?」

菊乃は、佐竹に妙に絡む。日頃、冷静な菊乃らしくない態度だが、あるいはこれが菊乃流の和み方なのかもしれない。佐竹に心を許した分だけ、物言いも不躾けになり、横柄になっている。

甘えもある。菊乃はさっきから、話に夢中になっている佐竹が自分のことを一度も見ようとしないことにちょっと腹を立てていた。

佐竹の連作の中に、今の菊乃の絵姿は一枚も描かれていないに違い無い。そう考えると、菊乃の心は妙にささくれだってくる。意地でも佐竹に、自分の方を向かせてやりたくなる。

佐竹も必死で反論した。

「いや、だから、鞭で打たれて悦ぶとか、蠟燭を垂らされて悦ぶとか、マゾヒズムというのはそんなものばかりじゃないと思うんです」

「だったら、他にどんなマゾが居るって言うんです」

「例えば、ストレス解消に泣く女性っているじゃないですか。泣くことがストレス解消になるって感覚は、マゾヒズムじゃないですか」

「涙にも色々あるでしょう？　嬉しい涙だってあるじゃないですか。感動して泣いたりもするし」

「じゃ、絶叫マシーンてのはどうです。ほとんど身動き取れない状態で自分の体を振り回されたり、落とされたり、放り出されたり、それを楽しいと感じたりするのはマゾヒズムじゃないですか」

「それがマゾだったら、高い高いをしてもらって喜ぶ赤ちゃんだってみんなマゾだわ」

「じゃあ、セックスはどうです」

えっと言葉に詰まる。なぜ話が急にセックスに飛ぶのか、菊乃には分からない。

「セックスで感じている時、女性は苦しくないんですか？」

「苦しい？　セックスが？」

　そんなことは考えたことも無かった。セックスが、苦しい？

「息がぜえぜえ荒くなって、我慢できずに大きな声を上げたりして、じっとしていられずにのたうち回って、顔だって本当に苦しそうな表情になるし、男があんな状態になる時というのは、よほど苦しい時か、痛い時かのどちらかですよ」

「確かに、ピストルで腹撃ち抜かれた極道ってのは、あの時の女によく似てるよなあ」

「いやだ、若頭」

　杏ががははと声を上げて笑う。菊乃も思わず苦笑する。

　一方で、菊乃の頭の中では佐竹の言葉がぐるぐる回っている。セックスは、本当は苦しいものなのだろうか？

　確かに苦しいかもしれない、と菊乃は思う。

　息が荒くなるのは本当に息苦しいからだ。心臓の鼓動も怖いくらいに激しくなってくるし、体全体もかっと熱くなる。冷静になって考えてみると、かなり苦しい。

　愛撫を受ける時だってそうだ。思わず声が出る。思わず、身悶える。じっと我慢していることなどとてもできない耐えがたい感触があるから、体も動くし、声も出る。

　それは、快感？　それとも、苦痛？

苦痛なのかもしれない。ただ気持ちがいいというのとは、ちょっと違うような気がする。

でも、それが苦痛だとしたら、そんな苦しい目に遭わせてもらいたくてたまらなくなるのは、何故だろう。

菊乃の頭の中を色々な思い出が交錯する。菊乃の体を通り過ぎていった男たち。菊乃の体を苦痛とも快感ともつかぬ愛撫で痺れさせ、もっと欲しいと抱き付かせた、男たちの感触が菊乃の体に生々しく蘇《よみがえ》ってくる。

「女性が感じてくると、いやとか、駄目とか、やめてとか、よく言うじゃないですか」

「ええ」

「女将さんも、そう言う方ですか？」

「まあ、少しはねえ」

少しはと言ったが、感じている時の菊乃の言葉はそればかりである。いいとか、感じるとか、そこもっとしてといった恥じらいに欠けた言葉は先ず使わない。その瞬間に、いきそうとか、いくとかは言うが、それもどちらかと言えばああどうしよう、いってしまうといったニュアンスで、積極的にアクメの快感を楽しむというタイプではない。

「ああいう時って、どうなんですかね」

「どうって？」

「例えば、やめてって言われて、本当にやめたら嫌われますよね」

菊乃は思わず吹き出しそうになる。菊乃が若い頃に付き合った男で、本当にそんな男が居た。二、三回関係を重ねたが、それ以上は会っていない。別れた原因は、やはり今佐竹が言ったようなことだった。

「ということはですよ。この言葉を口にした時、こんなイメージが頭の中にあると思うんです。今、自分はこの男に強引に抱かれている。今の愛撫もやめてくれと言っているのにやめてくれない。そして自分は、そんな強引な愛撫に感じさせられてこんなにも昂ぶっている」

「そうですねえ。そんなこともあるかもしれませんねえ」

答えながら、菊乃は、体が少しずつ火照ってくるのを感じていた。さっきの源次の仕込みを見ている時に燃え上がったものがまだ体の奥に残っている。それが少しずつ、チロチロと燃え始めている気がする。乳首も固く尖ってきているし、股間の奥もじわりと湿り気を帯びてきた。

確かに菊乃は、無理矢理犯されているようなセックスが好きだった。勢い、菊乃と長く続いている男も、そういうセックスをする男が多い。

駄目とかいけないとか言うと、やおら菊乃の耳元で言葉嬲りを始める男、やめてと言うと、わざとそこばかり延々と愛撫し続ける男、許して、お願いなどと言うと、許して欲しければああしろこうしろと、恥ずかしいポーズを取らせたり、恥ずかしい言葉を言わせたりする男。

　そして菊乃は、そうやって意地悪をされると燃えた。上手な意地悪で追い詰められると、自分でも恥ずかしいくらいに乱れて、はしたない淫《みだ》らな女になってしまうのだった。

　そんなことを思い出すだけで、菊乃の体は燃え始める。かつて男たちに囁かれたいけない言葉の一つ一つが、菊乃の心を痺れさせる。

（全部の女性がマゾだという意見には賛成できないけれど、私は確かにマゾかもしれない）

　菊乃は乱れ始めている呼吸を必死で鎮めながら、そんなことを考えていた。

「初めての挿入は酷く痛いっていうじゃないですか。女将さんも、痛かったですか？」

「そりゃ、痛かったですよ」

「でも、何度もやっているうちに痛くなくなる」

「まあ、ねえ」

「一回目がそんなに痛いわりに、一回目で懲りてもうセックスは二度としたくないって女性はあまり聞きませんよね」

「いるかい、そんな女」

　吹き出しながら若頭がまた、口を挟んでくる。

「なら、世間の女性は、どうしてそんな痛い目にもう一度遭ってみようと思うんでしょう？」

「そんなことを、訊かれても」

「痛みと快感が同居しているような、そんな感覚があるから、また入れて欲しくなるんじゃないですか？」

「さあ、それは」

「女将さんはどうだったんです？」

「私？」

「すごく痛かった最初のセックスから、痛くなくなって気持ちよくなるまで、どんな感じでセックスしていたんですか？」

「私は……」

菊乃の初体験は十六歳の時だった。板場の追い回しをしていたちょっと拗ねた感じの若者と、そういう仲になった。

確かに、最初は痛かった。今と違って当時は貧弱な体をしていた菊乃の場合、快感よりも痛みが勝る時期が人よりも長かったような気がする。

だから、セックスはあまり好きではなかった。

でも、その男は好きだったからキスはしたかった。お乳を揉まれるのも好きだったし、あそこを上から撫でられるのも気持ちよかった。

不思議なことに、そうやって愛撫を受けていると、やはり中の刺激が欲しくなる。挿入されると飛び上がるほど痛いのは分かっていても、中に入れて欲しくなる。

あの感覚はなんだったんだろう。あの痛みの中にやはり、なにか倒錯的な快感があったのだろうか。

菊乃の膣の中が、熱い熱を持ち始める。満たされない思いが、体の奥に切なく広がっていく。

あの追い回しの若者の、若く熱い、はちきれそうな怒張で、もう一度この身を貫かれたい。いや、あの若者でなくてもいい。誰かの固い一物で菊乃のあそこを貫いて、この体の火照りを鎮めて欲しい。

気が付くと菊乃は、ぎゅっと握り締めた拳《こぶし》を股間の辺りに強く押し付けていた。いつからそんなことをしていたのか、自分でも分からない。

菊乃は気が付いた。佐竹の会話が巧妙な罠であることを。

佐竹は、自分の理屈を菊乃に納得させようとしているのではなかった。本当の目的は、菊乃の中にあるマゾ的なセックス・イメージを喚起させることにあった。佐竹は、菊乃の中にあるマゾヒスティックな性癖を、頭ではなく体で分からせようとしていたのだ。

日頃なら、こんな見え透いた手に易々《やすやす》と乗る菊乃ではない。だが、今日の菊乃は、源次の仕込みを散々見せ付けられた余韻がまだ、体の奥の方でくすぶっている。一度燃え上がってしまえば、もう菊乃自身にもどうにもできないほどに激しい愛欲の炎が。

佐竹の言葉責めは、菊乃が辛うじて押さえ込んだ情欲を、再び掻き立てた。一度燃え盛った炎は、もう収拾がつかなかった。

危ない、と気付いた時にはもう遅い。菊乃の腰の辺りはすっかり痺れたようになり、意識の奥の方にはもやが掛かって何も考えられなくなっている。

目の前を見ると、杏という娘の様子はもっと酷い。もう真っ直ぐ座っていられない状態で、源次の腕にしがみ付くようにして辛うじて体を支えていた。乳首の辺りが源次の肘《ひじ》に当たっているのは、娘自身が無意識に押し当てているのだろう。

菊乃だって、姿勢はもう崩れてしまっている。いつも背筋を伸ばしてしゃんと正座している菊乃が、いつの間にか姉さん座りでお尻をぺたんと落としてしまっているし、体を支えるために手まで突いている。何より、自分がこのような姿勢を取ってしまっていることに、今の今まで菊乃自身も気付いてさえいなかった。

「キスをしますよね。女将さんもキスは好きでしょう？」

菊乃は必死で逃げようとする。だが、佐竹の言葉で、菊乃は男たちの唇の感触を否応なく思い出させられる。

このまま佐竹のペースにはめられていたのでは大変なことになると気付いていても、今の菊乃にはどうやって話題を変えたらよいのかさえも思い付かない。まるで悪い催眠術に掛かっているかのように、佐竹の思い通りに反応してしまう。

「フランス映画の中の恋人同士のように、肩を優しく抱き寄せられて、静かに唇を重ねていくキスも素敵ですよね」

そう、そんな風に、唇を重ねたこともあった。

「でも、前触れも無く、突然乱暴に抱き寄せられて、奪われるキスはもっと燃えるんじゃないですか」

菊乃は思わず目を閉じる。ああっと小さく、声が洩れる。

そう、菊乃の唇を奪った男たちは、一様にそういう乱暴なキスをした。そして菊乃も、乱暴に組み伏せられて唇を塞がれると、燃えた。

二十歳の頃付き合っていた男は、特にそういうキスを好んだ。全てを許した間柄なのだから普通にキスすればよいものを、ことさら不意打ちのように菊乃を抱き寄せて、無理矢理舌を捻じ込んできた。菊乃は菊乃で男を拒み、そして拒み切れずに唇を奪われた瞬間、体がかっと熱くなるのだった。

そう、ちょうど今のように、体の芯が熱くなって、頭の中がくらくらして、無性に男の厚い胸板にしがみつきたくなってしまう。

「くうっ」

声がする。見ると、向かいに座っている娘の唇を、源次が奪っていた。

菊乃も思わず、声を出す。まるで自分が唇を奪われてしまったように体がかっと熱くなり、あそこの中がずんっと疼く。

「むりやりセックスを挑まれて、燃えたりしませんか？」

「やめて。もう、やめて」

菊乃の頭の中を、いやらしい記憶が浮かんでは消える。手料理を作っている最中に後ろから抱き付かれ、台所の床に押し倒された。渡り廊下と襖《ふすま》一枚隔てただけの蒲団部屋で圧し掛かられ、客や仲居が行き来するすぐ隣りで犯された。組んず解《ほぐ》れつの大喧嘩の中、つかみ合い、縺れ合い、気が付いたら菊乃は裸に剝かれて、男に刺し貫かれていた。

どのセックスも燃えた。このまま死んでもいいと思うほどに、菊乃は乱れた。

「ああんっ！」

源次に突然押し倒されて、娘は甘えた声を出す。後ろから娘の乳房を摑みながら、娘の弱点である耳に息を吹き掛ける。

菊乃も声を出す。触られていないはずの菊乃の乳房が疼く。息を吹き掛けられていないはずの耳からの刺激が、股間に響く。

「乳房を揉まれると、飛び上がるほど痛いらしいですね」

確かに、若い頃は痛かった。年齢も重ね、セックスの経験も重ねた今はそれほどでもないが、やはり痛みはある。

十七の頃に付き合っていた男は、お乳を乱暴に揉むのが好きな男だった。その男に乳を揉まれると、本当に、頭の先にまで響くような激痛が走った。

その激痛が、菊乃の体を甘く痺れさせた。全身から力が抜けて、後はもう、男のされるがままになってしまうのだった。

菊乃の腰は、その痺れを思い出していた。まるで小娘のように、菊乃の体は身動き取れなくなった。

「あああっ！」

杏が叫ぶ。源次が、杏の大きな乳房を鷲掴みにしている。杏は背中を反らせて、切なそうに悲鳴を上げる。

菊乃も一緒に悲鳴を上げる。

そうだ、この痛みだ。若い頃は胸を揉まれる度に、こんな痛みが胸から全身を貫いたのだ。

もう随分長いこと忘れていた、甘く切ない痛みだ。

一体どうしたというのだろう。どうして今更、生娘の頃のように乳房が痛むのだ。源次の手が娘の乳房を揉み上げたとたん、それに呼応するように自分の乳房がきゅうっと痛んで、そして痺れて、力が抜けて……。

菊乃はもう体を支えていられない。両腕で胸を抱えるような姿勢のまま、床に突っ伏してしまった。肩で荒い息をしながら、切なそうに身を震わせている。倒れ込んだ拍子に着物の裾が割れて、片脚の膝の内側が覗いている。見る角度によっては、菊乃の両脚の付け根の茂みまで覗けてしまいそうな、そんな乱れ方だった。

「あっ！　いや、駄目！」

突然、後ろから太い腕が回り込んできて、菊乃の着物の襟から中に割り込んできて、菊乃の生乳をぎゅっと摑んだ。さっきと同じ、若い頃の痛みが両乳から全身に走った。

「だ、誰？」

力の入らない体をねじって辛うじて振り向くと、胸を揉んでいたのは若頭だった。例によって若頭は、スケベそうな顔付きで照れ笑いをしている。

「あっ、ああっ！」

若頭の腕が、乳房で体重を支えるような形で菊乃の体を引き寄せる。床に突っ伏していた菊乃の体ががくがくっと震える。

落ちたついでに、若頭の懐《ふところ》にすとんと落ちる。

菊乃の体が引き剝がされて、若頭は菊乃の両乳をもう一揉みした。

「や、やめて。いや」

両手で若頭の腕を摑んで、必死で引き剝がそうとする。だが、菊乃の太腿《ふともも》ほどもある若頭の腕を、力の萎えた菊乃の腕で引き剝がすことはできなかった。

「乳首を強く抓られると、特に痛いらしいですよね」

次の瞬間、娘と菊乃は同時に悲鳴を上げ、身を震わせた。娘の乳首を源次が、菊乃の乳首を若頭が、同時に抓り上げたのである。

乳首から全身に広がっていく快感に恍惚となりながら、菊乃は思い出していた。あの、乳房を乱暴に摑む男は、乳首を乱暴に抓り上げることも大好きだったことを。そして菊乃も、男に乳首を抓られるのが好きで好きで堪《たま》らなかったことも。乳首の痛みが股間にひびき、全身に甘だるい感覚が広がっていくその瞬間が嬉しく、男が菊乃の乳首を虐めてくれるのを密かに心待ちしていたことも。

菊乃の両腕がだらんと落ちてしまう。若頭の指がしつこく菊乃の乳首を潰し、乳房を捏《こ》ね続ける。菊乃の息ははあはあ荒くなり、時々思い出したようにぶるぶるっと震える。落ち着きなく両脚を動かしているのは、股間への刺激が欲しくなってきている証拠だ。

「わ、若頭、お願い。もう、離して下さい」

そんな菊乃の反応を目敏《めざと》く見て取った若頭は、右手を襟元から引き抜いて、すっと下に持っていった。そして既に割れている着物の裾の隙間を縫って、菊乃の股間に突っ込んだ。

「ああっ！　だ、駄目えっ！」

予期せぬ攻撃に菊乃が激しく反応する。慌てて両脚をぎゅっと締めてガードしようとするのだが、既に若頭の右手は菊乃の股間に到達しているし、折り曲げられた中指は菊乃の中に深々と突き刺さっている。

菊乃は両手で若頭の右手を摑み、股間から引き剝がそうとする。両脚を強く締め付けて、なんとか動きを止めようとする。

だが、若頭の右手は少しも動じない。菊乃の抵抗などまるで無いかのように、中指でこりこりと菊乃の体の中を引っ掻く。その指先が、菊乃の中の一番敏感な部分を操り続ける。一方の左手は菊乃の乳房の上を行ったり来たりしながら、乳房を揉んだり、乳首を捻ったりを続けている。

菊乃は堪らず身悶えする。頭をしきりに振っていやいやをしながら、いや、とか、駄目、とか、許して、とかの言葉をしきりに口にする。

「女将、気持ちいいかい。俺のテクニックも、満更じゃあないだろう？」

若頭は菊乃の耳元で囁く。吹き掛けられる息が擽ったいのか、掛けられた言葉が刺激するのか、若頭の言葉に反応するように菊乃はああっと切ない吐息を洩らす。

「若頭の指に犯されてるんですね、女将さん」

佐竹の声が遠くから聞こえてくる。菊乃の頭にまたもやが掛かって、そのまま流されてしまいそうになる。

「もう、何も言わないで。言っては、いや」

「女将さんはやめて欲しくてそんなに脚を締めているのに、両手でその手を外そうとしているのに、若頭は指をやめてくれないんですね」

「ああ、駄目。駄目」

「ほら、そんなに、お願いしているのに、やめてと言っているのに、若頭は全然あなたの言うことを聞いてくれない。知らぬ顔をして女将のあそこを弄り回している。女将がこんなに心乱しているのに」

菊乃が焦点の定まらない目をぼんやりと開ける。いつの間にか佐竹は絵筆を取り、菊乃の絵を描き殴っている。描き上げた絵をぼうんと放った先には既に何枚もの紙が散乱している。

きっと佐竹の容赦ない筆は、欲情し切っている今の菊乃の姿を鮮明に写し取っている筈だ。

固く尖った乳首も、しとどに濡れそぼった股間も、そして淫らに乱れ切った菊乃の心の襞《ひだ》の一枚一枚まで、佐竹は見落とすこと無く描き綴《つづ》っているのだろう。

そう考えると、菊乃の官能はますます逃れようの無いものになっていくのだった。

「虐められているんですね、女将さん。いたぶられているんですね、女将さん。もう、どうしようもないんですね、女将さん。かわいそうに」

絵筆を素早く走らせながら、佐竹の言葉嬲りは続く。

「やめて。本当に、やめてぇ」

佐竹の言葉が耳に届く度に、体がかっと熱くなる。熱くなった体を、若頭の双つの手がいたぶる。もう菊乃の頭も体も、すっかり混乱し切っていた。その訳の分からない状態のまま、菊乃の官能は更なる高みへとどんどん追い上げられていった。このままいくと、本当に菊乃はおかしくなってしまいそうだ。


何が起こったのか分からない。突然、若頭の指が抜けた。乳房をいたぶっていた手も、菊乃の胸から離れていった。菊乃をいたぶる、佐竹の声も聞こえない。

うっすらと目を開けてみると、若頭は菊乃から少し身を離したところで菊乃を見ていた。佐竹もまた、絵を描く事を止めて、ただ突っ立って菊乃を見詰めている。

さらに周りを見回すと、杏という娘を愛撫していたはずの源次が、いつの間にか菊乃の目の前に立っていた。片手に縄をぶら下げている。

突然、菊乃の意識が戻った。自分は源次に縛られるのだ。

「いけないっ！」

菊乃は叫ぶと、跳ね起きた。走ってその場から逃げ出そうとする。

だが、源次の動きの方が早かった。走り出そうとする菊乃の片腕を掴むと、そのまま背中に捩じ上げた。

「やめて！　離して！」

だが、源次は聞く耳持たない。もう一方の腕も掴むと、同じように背中に捩じり上げる。

菊乃の両手が背中で束ねられ、源次の大きな手で押さえられると、菊乃はもう身動き取れなかった。

「若頭！　約束が違うじゃないですか！　無理矢理縛り付けないという約束でしょう！」

「まあ、そう言うなよ。女将だって、さっきまであんなに感じていたじゃないか」

菊乃は勝ち気そうな目で、きっと若頭を睨み付ける。

「舌を噛みます」

へらへら笑っていた若頭の顔がさっと硬くなる。佐竹の顔にも、あっという驚きの表情が浮かぶ。

「もし無理に私を縛り上げるというなら、今ここで舌を噛んで死にます」

「げ、源次、やめろ！」

「源さん、その手を離して！」

若頭と佐竹が、同時に叫んだ。菊乃との付き合いが長い二人は、本当に舌を噛みかねない菊乃の気丈さを痛いほど知っている。そして実際、菊乃は今、本気で舌を噛むつもりだ。

心も体も痺れ切ってしまった今の菊乃では、源次の魔手から逃げることなど到底できない。杏という娘の何十分の一の抵抗もできず、やすやすと源次の手の内に落ちて悶え狂わされるに違い無い。一週間と期限を切ったが、たった一日さえ保《も》たなかったよと笑う、若頭の声が聞こえてきそうだ。

悔しさに身を震わせ、菊乃は唇を噛み締めた。菊乃があれほど尽くしたにも拘《かか》わらず、こんな形で菊乃を見捨てた銀星会会長。少しは心を許し掛けていた矢先に、こんな形で菊乃を追い詰めた佐竹。そして、こんなにも易々と男たちの手の内にはまった腑甲斐《ふがい》無い自分。なにもかもが、菊乃には腹立たしくて仕方が無かった。

今の菊乃が女の意地を通すには、もう、死ぬしか道は無い。男たちがこれ以上、菊乃へのいたぶりを続けるつもりなら、菊乃はこの場で舌を噛む。そう、決めた。

そんな菊乃の本気を感じ取った佐竹と若頭は、息を呑む様子で菊乃を見詰めていた。少し後ろにぺたりと座り込んでいる杏も、どうなることかと気を揉むように、不安げな様子で菊乃を見ていた。

だがここに一人、そんな菊乃の決意を平気で踏みにじることのできる、悪魔のような男が居た。源次だ。

「あっ、いやっ！」

菊乃の首根っこを、源次がぐいと摑む。そしてそのまま、菊乃を押し倒す。あっと叫んで菊乃は跪《ひざまず》き、そのまま上半身から床に倒れ込む。頭を床に押し付けられた瞬間、ごんっという鈍い音がした。両手を後ろ手の状態で押さえ込まれたまま、菊乃のお尻だけが高く突き上げられている。

「げ、源次、よせ！　それ以上、刺激するな！」

「源さん、頼むから、お願いだからそれ以上は」

「舌を嚙みますか、女将さん」

源次が菊乃に問い掛けてくる。

菊乃は何も答えられない。源次の思い掛けない乱暴狼藉《ろうぜき》に、菊乃はすっかり毒気を抜かれてしまった。ただ呆然として、源次の為すがままになっている。

「本当に舌を嚙みたいのなら、嚙んでも構わないんですよ、女将」

「源さん、何を言い出すんだ！」

「やめろ、源次！　そいつは、本当に噛むぞ！　そういう女なんだ」

「舌を噛んで死ぬというなら、もっけの幸いだ。死体の着物をすっかり剝いで、すっ裸に剝いて思い切り辱《はずかし》めてやる。いくら酷いことをされても、死体は文句を言いませんからね」

そして菊乃の耳元で囁く。

「そういうのがお望みですか？　女将さん」

菊乃がうっと喉を鳴らす。あまりの屈辱感に、ついに緊張の糸が切れたのだ。

「鬼。この、この人でなし」

菊乃はぽろぽろと大粒の涙を流す。ひっひっとしゃくり上げながら、菊乃は声を上げて泣き始めた。

「私のことを虐めるのが、そんなに楽しいの？　そんなに面白いの？　一体私が、何をしたというの？」

佐竹も若頭も、居心地悪そうに目を逸らす。あの気丈な若女将、菊乃が泣きべそを搔き出すとは思いも寄らなかった。意表を衝かれた二人はどうしてよいのか分からない様子で立ち尽くしている。

源次だけが平然として、冷たい視線を菊乃に投げていた。

「分かった、女将。あんたに一度だけチャンスをあげましょう」

源次が提案する。菊乃はなおも、拗ねたような顔で啜《すす》り泣いている。

「確かに、無理矢理縛り付けないというのが最初の約束だった。それを破ったのでは、この賭け自体が成り立たなくなる。佐竹」

呼ばれた佐竹が怪訝そうな顔になる。

「フロントに電話して、番頭さんに来て貰ってくれ」

「やめて！」

菊乃が狼狽えて叫んだ。今の惨めな自分の姿を旅館の者に見られるなど、絶対に嫌だ。

「これは新しい賭けなんですよ、女将。いや、新しいゲームだ」

「やめて、佐竹さん、後生だから電話しないで！」

「佐竹、早くしろ」

少し迷った佐竹だったが、結局源次の言葉に従った。部屋の隅に置いてある内線電話でフロントに電話し、番頭の中西に来て欲しいと依頼する。

菊乃は、息を呑んだ。今の自分の動揺した声を、内線電話が拾うことを惧れたのだ。あれほど流れていた涙も、意志の力でぴたりと止めた。

「源さん、今すぐ、来てくれるそうだ」

「そうか。ありがとう。さて、それじゃ女将さん。ゲームを始めやしょうか」

「一体、何をするつもりなの」

「簡単なゲームですよ。番頭さんが来たら、女将さんが大声で助けを求める。それで終わりだ。俺たちはそれ以上女将にちょっかいは出さない。佐竹、お前もそれでいいな」

「で、でも源さん、それは……」

「佐竹、お前はあの時、俺に全てを預けると言ったはずだな。それとも、あれは口から出任せだったのか」

「いや、そうじゃないが、でも……」

「簡単なゲームだ、そうでしょう？　女将さん」

　菊乃が、怯えたように頭を横に振る。

「できない。そんなこと、できないわ」

「なぜです。犯されかけてる女性が助けを求める。当たり前のことじゃないですか」

「だって、だって、こんな姿を中西には見せられない」

　確かに、今の女将の姿は酷いものだった。襟元も裾もすっかり着崩れ、胸の谷間や太腿まで露になっている。髪もほつれて、乱れ髪が何筋か額に垂れていた。

「今助けを求めなければもっと酷い姿になるんですよ、女将。着物を全部脱がされて、生まれたままの素っ裸に剝がされて、そしてこれ以上はないというくらい恥ずかしい目に遭わされる」

源次の口が、再び菊乃の耳元に近付く。

「究極の選択ですよ、女将。一体どちらの屈辱を選ぶかのね」

菊乃がいやいやをする。今のこの姿を、番頭の中西に、そして他の仲居たちに、見せることなど絶対にできない。

何が恥ずかしいと言って、この屈辱的な責めに対して自分が感じてしまっていることが何より恥ずかしい。乱れた姿を見られることより、乱れた心を見られることの方が数倍恥ずかしかった。

佐竹の絵の中に描かれていた自分の姿を思い出す。とろんと欲情した目をして、口は呆《ほう》けたように半開きになって、頬や目の下は上気して赤くなっている。肩も落ち、腰の辺りの力も抜けて、誰かが抱き締めてくれるのを待ち受けているようなしどけなさ。そんな自分の姿を見られるくらいなら、いっそ本当に舌を嚙んで死にたい。

とんとん、と、外からドアを叩く音がする。菊乃がはっと息を吞む。

「中西でございます。お呼びでしょうか」

菊乃は必死の形相で体を捻じ曲げ、縋るような目付きで源次を見る。

源次は気付かぬふりをする。

「さあ、女将さん、声を出すんだ」

「いや、いやや、駄目」

「助かりたいなら声を出して」

「本当に、お願い」

「叫ぶんだ！　さあ！　叫んで！」

「お願い、お願いだから大きな声を出さないで」

　また、どんどんどんと音がする。中の気配に異常さを感じたのだろう、今度は少し乱暴な叩き方だった。

「もしもし、どうかしたんですか？　女将さん、中に入ってもよろしゅうございますか？」

「ああ、番頭さん、ごめんなさいね」

　菊乃がようやく声を出す。それは、精一杯頑張って声の震えを抑えた、いつもの女将の話し振りだった。

「なんでもないのよ。ちょっと今取り込んでいるんで、済まないけれども、外してくださいな。また、連絡し直すから」

　着物もしどけなく乱れ、半裸と言ってもよい状態で男に押さえ付けられ、その状態でこの落ち着いた話し振りができるというのは驚くべきことである。ただ、その落ち着きがポーズに過ぎないことは、菊乃の引き攣《つ》った表情を見れば分かる。

「本当によろしいんですか。私も此処《ここ》にいた方が良くはございませんか」

中西が、ねばる。今回の賭けのことを知っているだけに、中でなにが起きているのか、不安でならないのだ。

菊乃がほほほとおかしそうに笑う。

「心配性だねえ、番頭さん。本当に大丈夫だから、帳場の方をお願いするわ」

「はあ、でしたら」

菊乃の言葉に納得したのか、ようやく中西がその場を去りかける。安心した菊乃の肩の力が、ふうっと抜けた。

だが、その時、

「ああ、番頭さん、ちょっと待ってくれないか」

何を思ったのか、若頭が番頭を呼び止める。菊乃の顔がまた、恐怖に引き攣る。

若頭は立ち上がり、すたすたとドアの方に歩き出した。外に出て、直接番頭と話をするつもりだ。

もしドアを開ければ、今の菊乃の姿を番頭に見られることになる。

「お願い、若頭！　後生ですから、堪忍して下さい」

目の前を通り過ぎる若頭に、菊乃は小声で、それでいて緊迫した声で、哀願する。

若頭は聞こえぬふりをする。

菊乃は必死で源次に縋った。

「お願い、源次さん、とめて！　若頭をとめて！」

「どうしたんです、女将さん？　助かりたいんじゃなかったんですか？」

「こんな姿を見られたくないの！　見られるのは、嫌！」

ドアが軋む。ああっと小さく声を上げて、菊乃が身を硬くする。

だが、若頭は中が見えない程度にドアを開いて、その隙間から出ていったのだった。菊乃はまたも、危機を回避することができた。

「なんだ、若頭も度胸が無い」

源次が呟く。

「ぱあっとドアを全開にしたら女将も踏ん切りが付いたのに。ねえ、そうでしょ、女将」

「お願い、お願い。もう、堪忍して」

「佐竹、お前が開けてこいよ」

「ああ」

「駄目！　佐竹さん、駄目です！」

押し殺した声で、菊乃が必死で訴える。

だが、佐竹も菊乃を無視してさっさとドアに近付いていく。

腰と脚の力だけで、菊乃ががばっと跳ね起きた。そして両手を押さえ付けている源次の腕に体重を掛けたまま、足をばたばたさせて必死に佐竹に近付いていく。

「あ、女将……」

思わず源次が狼狽える程の力だった。堪らず源次もたたらを踏む。女将の力に引き摺《ず》られ
て、源次の体が前のめりに引っ張られていく。

「あっ！」

思わず佐竹が声を出す。佐竹の足元に、菊乃が体当たりしてきたのだ。タイミング悪く、
佐竹の足が菊乃の顔をガツンと蹴る。

「だ、大丈夫ですか、女将さ……」

言い掛けて、佐竹は言葉を詰まらす。

菊乃は、佐竹のズボンの裾に噛み付いて、佐竹をそれ以上進ませまいとしている。源次に
両腕を取られたままなので、佐竹を押し留めるにはそうするしか無かったのだ。

そして菊乃は必死に顔を捻じ曲げ、佐竹を見上げていやいやをする。今にもまた泣き出し

そうな表情で、ドアを開けてくれるなと哀願している。

「女将さん、叫ぶんですよ。助けを呼ぶんだ」

詰め寄る源次に菊乃はさらにいやいやを繰り返す。

「今、大声を出さないと、大変なことになりますよ」

何を言われても菊乃は、いやいやを繰り返すばかりだ。菊乃が頭を振る度に、佐竹のズボンの裾も右に左に揺れる。

「あっしが十数える間に声を出すんです。十、九、八、七、六」

源次のカウントダウンはあっと言う間に進んでいく。その間菊乃は、ただ身を硬くして震えているばかりだ。

「五、四、三、二、一」

菊乃の耳元で、源次が低く囁く。

「女将さん、ゲームオーバーだ」

「うっ！」

菊乃の両腕が強く引き上げられ、縄が巻き付けられる。まだ外から番頭と若頭の声が聞こえているというのに、源次はもう、菊乃を縛り始めていた。

「女将さん、失礼しますよ」

源次が菊乃の上半身を起こそうとするが、それでも菊乃は佐竹のズボンの裾を離さない。縄掛けされたことで、ますます佐竹を行かせる訳にはいかなくなったからだ。

不自然な形で身を起こした菊乃の胸に、源次は構わず胸縄を打つ。菊乃の乳房の上と下に二筋ずつ縄が這う。それを背中で束ねてぐっと括ると、菊乃の喉の奥でまた、ぐっという声が出る。

「ああっ！」

高手小手《たかてこて》で菊乃を縛り上げた源次は、菊乃の着物の襟をぐっと押し開いて、双つの乳房を露出させた。菊乃はさすがに佐竹のズボンを放し、戸惑いの声を上げる。

菊乃は反射的に、胸を両手で隠そうとした。

だが、その両手は後ろ手に括られている。結局菊乃は、体を少し揺すっただけだった。それ以上、今の菊乃にはどうしようも無かった。

「女将さん、綺麗だ。本当に、綺麗なおっぱいをしてる」

源次の囁きに、菊乃は小さく身悶える。

「は、恥ずかしい」

恥ずかしい。こうして白昼、乳房を剝き出しにされているのは恥ずかしい。その胸を隠すこともせず、ただ漫然と見られていることも恥ずかしい。何より、乳房を隠したくても隠すことができない状態に縛り上げられて、感じてしまっている自分が何より恥ずかしい。生まれて初めての緊縛《きんばく》だった。そして菊乃は、女が縛られるというのがどういうことなのか、この時初めて知った。他に何をされている訳でもないのに、ただ乳房を晒《さら》されているだけで、菊乃の頭は羞恥で錯乱し、体の奥が疼いてくるのだった。

源次が菊乃の帯を解く。和服の女を脱がせ慣れていると、菊乃は朦朧とする頭でぼんやりとそう思った。

普通、女の着物の構造など男は知らない。過去に菊乃の着物を脱がせた男たちも、例外無く戸惑い、菊乃に助けを求めたものだった。

だが、源次は手際よくするすると菊乃の帯を解いていく。あっと言う間に菊乃の着物は十《じゅう》二単《にひとえ》のように垂れ下がり、腰巻まで剝がれて陰毛を剝き出しにされた菊乃の下半身が現れる。すらりと伸びた足先に、足袋《たび》だけが残されているのが逆に淫靡《いんび》だった。

「は、恥ずかしい。許して、源次さん、は、恥ずかしい」

「そんなに恥ずかしいんですか、女将さん」

「恥ずかしい」

「ちょっと試してみていいですか」

「何を、この上私に、一体何を」

「なあに、大したことじゃない。世の中にはこういうことが好きな女がたくさんいましてね。恥ずかしいと感じるだけで、乳首が固くなってきたり、あそこが濡れてきたりするんですよ」

菊乃の顔がかっと燃える。固くなるどころではない。さっきから菊乃の乳首は充血してずきずきと疼いていた。股間の湿り気も確かに増してきている。それを源次に悟られるのは、更に恥ずかしい。

「女将さん、失礼しますよ」

源次の指が菊乃の双つの乳首を摘み、指先でぐりぐりと揉む。

菊乃の頭がぐんと反る。思わずうっとりと目を閉じて、はあっと大きい息吹きを吐いた。

本当は、声を出したい。だが、出したら外の番頭に聞かれてしまう。だからこうして耐えるしかない。

「ほら、女将さん、乳首がこんなに固くなっていますよ。女将さん、感じているんですね。ほら、乳首がこんなに」

源次は、しつこく乳首を責める。指先で押し潰し、抓り、擽り、転がす。表情を引き攣らせたまま、菊乃は必死で頭を振りたくる。

このまま責め続けられてはそのうち我慢できなくなって声が出る。外の番頭に声を聞かれてしまう。

（お願い、番頭さん。早く帰って）

菊乃が目を閉じる。体の奥から突き上げてくるものが極限まで膨れ上がっていた。これ以上はもう、我慢の限界だった。

（出る、もう、声が出る！）

必死で歯を食い縛り、小刻みに体を震わせ始めた時、源次の指の攻撃が弛んだ。

そして菊乃は唇を奪われた。

菊乃は自分から舌を入れていく。キスをしている間は声を出さずにすむという、菊乃の哀しい計算だった。

源次に強く舌を吸われて、菊乃の体の力が抜ける。源次の厚い胸板に身を任せて、菊乃の顔に恍惚とした表情が浮かぶ。

だんっという音がする。部屋の中に明るい光が差し込んでくる。

誰かがドアを開け放ったのだ。菊乃の全身が動揺して、源次の唇から逃れようとする。だが源次は、菊乃の頭を押さえ付け、もう一度唇を強く吸う。んっと喉の奥で呻いて、菊乃の体の動きが止まる。

菊乃の目から、涙が一滴流れた。

とうとう見られた。何もかも。自分の浅ましい姿も、淫らな心も、全て番頭の中西に見られてしまった。恥ずかしさの余り、顔が真っ赤に火照ってくる。顔だけではない、体中がかっと熱くなり、冷や汗が全身から噴き出してくる。

その一方で、菊乃はなんとも奇妙な感覚が湧き上がってくるのを感じていた。

見られていることに、菊乃の体は微かな反応を示していた。乳首が一段と充血し、疼き始めている。体の中心の肉芽もまた、莢《さや》の中から顔を出してずきずきし始めている。

菊乃は、どんどん明らかにされていく自分の本性に戸惑っていた。虐められ、緊縛されることで感じるだけではない。自分の裸を誰かに見られることさえ、菊乃の官能を昂ぶらせるのだった。

(ああ、見られている。こんな恥ずかしい私を)

菊乃の愛液が溢れて、太腿を伝った。

源次の長いキスが終わる。ようやく解放された菊乃は、おずおずとドアの方に顔を向ける。

そこに立っているのは若頭だけだった。

「番頭は帰したぜ」

ほっと気が抜けたように、菊乃の肩が落ちる。確かに見られて興奮するような感覚があったが、やはりこんな姿は見られたくない。

「番頭さんは何か言ってやしたか」

源次の質問に、若頭がにやっと笑う。

「杏の声が、女将の声にそっくりだってよ」

菊乃の頭にかっと血が上る。浅ましい声を、番頭に聞かれた。自分の声だと気付かれなかったにせよ、聞かれたことに変わりは無かった。菊乃はいっそ、このまま死んでしまいたかった。

その一方で、さっきと同じ昂奮がまた、体の奥から湧き上がってくる。恥ずかしい声を聞かれ、悩ましい姿を見られることが嬉しいという感覚が、菊乃の心のどこかに確かにある。

そのことを、この場の誰にも気付かれまいと、菊乃は深く頭を垂れて表情を隠した。

若頭は後ろ手にドアを閉める。

「番頭に言っておいたよ。今、出入りされて仕込みが中断されるのは困るから、膳を片付けるのは晩飯の直前にしてくれってね」

「すると、夕方まで、誰にも邪魔される気遣いは無いということですね」

「ゆっくり時間を掛けて、女将を調教することができるというわけだ」

裸同然の姿で後ろ手に縛られ、ぺたんとお尻を落として座り込んでしまっている女将を、源次と若頭、佐竹が囲む。菊乃は三人を不安げに見上げながら、縋《すが》るような視線を投げている。

その実、菊乃は燃えていた。

源次の仕掛けたゲームは、菊乃の抗《あらが》いの気力を根こそぎ奪ってしまった。今の菊乃は、狂おしいほどの被虐の予感に震え戦《おのの》く、一匹の陰獣に過ぎない。痺れるような官能の予感に、菊乃は気が遠くなってしまいそうだった。

避けられない運命に身を任せるかのように、菊乃はそっと目を閉じる。

五

一旦縄を解かれた菊乃は裸に剝かれ、再び後ろ手に括られた。そのまま椅子に座らされ、椅子の背凭れに縄を固定されると、もう菊乃は身動きできない。

その身動きできない姿勢のまま、さらに両脚を肘掛に乗せる形で縛られている。いわゆる、M字開脚の形である。最も恥ずかしい秘《ひそ》かな割れ目が白日の下に晒されている。そんな菊乃の周りを、源次や若頭、佐竹、杏の四人が囲んでいる。

菊乃は頑《かたく》なに顔を背け、目を閉じている。お尻の穴は断続的にひくひくと締まり、時々縛《いまし》めを確かめるように、体が動く。

「は、恥ずかしい」

蚊の鳴くような声で菊乃が呟く。

二十五を過ぎた頃から菊乃の体は少しずつ変わっていた。体重は殆《ほとん》ど変わらないのに、体の締まりが無くなってきている気がする。胸もお尻も下がり始めているし、腰のくびれも鈍くなってきていた。

そんな菊乃の体を、男たちは色っぽいという。熟れた女の匂いがするという。だが、菊乃自身は自分の体を好きになれない。それでいつからか、人に肌を晒すことを避けていた。

そんな菊乃が素っ裸で晒されている。男たちの視線に身を隠すことも許されない。菊乃は本気で、このまま消えてしまいたかった。

「佐竹、先ずお前から始めろ」

源次の言葉に、佐竹が戸惑った顔を見せる。

「いいから、早くしろ。ようやく思いを遂げたんだ。せいぜい女将を歓ばしてやれ」

「は、はい」

佐竹は意を決したように頭を下げた。菊乃の顔を覗き込む佐竹の視線と、哀しげな菊乃の視線が一瞬、出会う。

「女将さん、怒らないで下さい」

佐竹が、かぷっと菊乃の乳首を口に含む。

「ううっ！」

菊乃の体が撥《は》ねる。三十過ぎた女の熟れた体は刺激に弱い。この程度の刺激でもう、全身に震えが来る。

佐竹の舌は、丹念に菊乃の体に触れていく。乳輪の周囲を、ゆっくりとなぞる。乳首に巻き付くように絡み付く。一舐めごとに菊乃は呻き声を上げる。菊乃の体を芯から蕩けさせるような、甘い口付けだった。

「それじゃ女将、今度は俺が楽しませてもらうぜ」

若頭が、菊乃の耳元で囁く。佐竹の反対側に回り込むと、頭を並べて置き去りにされていたもう一方の乳首を咥える。

「あ、ああっ！」

菊乃の全身にいきみが走る。

両方の乳首を同時に舐められるという経験は、生まれて初めてだったが、意識が遠のいてしまいそうな強烈な感覚だった。頭の中が真っ白になって、ただ、双つの乳首から伝わってくる切ない感覚のことしか考えられなくなってくる。

「はあ、はあ、はああ、い、いやあ」

体が自由に動かないのが辛い。もっと手足をばたつかせて、体をのたうたせることができれば、少しはこの感覚に耐えられるのに。

だが、今の菊乃に許されているのは首から上の動きだけだった。菊乃は、身動き取れない体を必死で揺すりながら、ただ頭を振りたくる。

（苦しい。ああっ！　く、苦しいっ）

佐竹が変なことを言うから、余計なことにまで気が付いてしまう。確かに、感じることは苦しかった。乳首がずきずき疼き続ける感覚は耐えがたいほどつらいし、心臓がどきどきして呼吸が乱れて、めまいがするほど息苦しかった。

どうして、こんなつらいのに、あそこは濡れてしまうのだろう。どうしてこんなつらい刺激を、もっと欲しいと思うのだろう。

「女将さん、気持ち良さそうね。うらやましいわ。あたしももっと縛られたかった」

今度は杏が耳元で囁く。菊乃はうっすらと目を開ける。

「杏さん。あなたも、あなたもグルだったのね」

「ごめんね、騙して。あたし、鮫島さんに頼まれると、断れないのよね」

菊乃の言葉に、杏はぺろっと舌を出す。

「でも、源次さんに虐められて、気持ちよかったのは本当だよ。あたし、マゾっ気かなり強いみたい」

そして、もう一度菊乃の耳元に口を近付ける。甘い息が耳の穴の中を擽り、菊乃は思わず肩を竦《すく》める。

「女将さんも、こういうの、相当好きよね。あたしも思い切り虐めてあげるね」

そして、杏が菊乃の体の正面に回り込む。

「あっ！　あはあっ！」

菊乃の体が一段と激しく震え、ぐうっと背中から首、頭までが弓なりになる。

杏が、菊乃のクリトリスを咥えたのである。唇の先できゅっと締め付け、舌先でぺろぺろ舐め始める。同時に指を膣の中に挿入し、中の敏感な場所を擦るように刺激し始める。

「い、いやあ！　駄目、駄目ぇ！」

女の体の急所を知った同性の責めである。菊乃の体はあっという間に爆発寸前のところまで追い上げられた。

菊乃の体の震えが止まらなくなる。自分の意思に関係無く腰の辺りががくがくがくがくと震える。自分の体が自分のものでなくなっていく瞬間である。

息が苦しい。乳首がつらい。クリトリスがつらい。膣の中がつらい。なんとか体を動かして、このつらさを和らげたいと思うのに、縛り付けられて動けない。体中の力を込めて身動《みじろ》ぎしても、ただ椅子をぎしぎし軋ませるばかりである。

そしていつしか菊乃は、身動きが取れないことを楽しみ始めていた。

体を動かそうとしても縄に拘束されて動けない。その切ない被虐感に、菊乃はだんだん浸り始めていた。

（ああ、動けない。私はこんなにつらいのに、苦しいのに、少しの身動きも許してもらえな

い)

ああっと菊乃は、また全身を震わす。また、強い快楽の波が来たのだ。

(体中を、弄り回されている。私は逃げたいのに、逃げられない)

ぐぐっと腰が浮く。お尻の穴がきゅうっと締まる。呻き声が一際高くなる。快感の波の感覚はだんだん短くなってくるし、強さもだんだん増してきている。菊乃は、自分が落ちる瞬間が近付いていることを感じていた。

「ああ、もう、ねえ、もう、あっ!」

顔をぐっと上に捩じ上げられる。源次が居た。

「お願い、許して」

「許すって、何を許すんです」

「もう、私を、うっ」

菊乃の唇を源次が塞ぐ。舌先を強く吸われて、菊乃が呻く。

「あはあっ!」

源次の唇を避けるように、菊乃は頭を背ける。源次のキスで、また一際、感度が高まってしまったのだ。菊乃の背骨が大きく反って、結果、源次の唇が外れた。

だがすぐにまた、源次は菊乃の唇を塞ぐ。

「う、うぐう、はあっ！」

また、菊乃の頭が外れる。

唇を塞がれると息が苦しい。唇を塞がれると感じ過ぎる。だから菊乃は唇を避ける。

だが、逃げ切れるのはほんの束の間だ。すぐに源次に追い付かれる。するとさらに息苦しさが増す。さらに強い快感が全身に走る。

「も、もう駄目」

源次が唇を塞ぐ。

「苦しい、本当に」

源次が唇を塞ぐ。

「死ぬ。本当に」

源次が唇を塞ぐ。

菊乃は既に、一種のパニック状態に陥っていた。頭の中は真っ白になっている。ただ、全身を貫く快感と、死んでしまいそうな息苦しさに、動物的に反応しているだけなのであった。

「ああ！　あはあああっ！」

菊乃の体が一段と大きく反り返る。四人掛かりで責め立てられ、追い立てられ、とうとう弾けた。さっきまでの苦しさ、つらさが嘘のように消し飛ぶ。穏やかな、至福の快感が体を満たしていく。

双つの乳首から唇が去っていく。股間の唇と指も離れていく。残るのは、菊乃を抱き締める縄の感触だけだった。その縄の感触に身を任せながら、菊乃は先ほどの快感の余韻にうっとりと浸っていた。


菊乃の穏やかな時間を乱したのは、源次だった。

「うあっ！　ぐうっ！」

菊乃の背中がまた、大きく反り返る。源次が、菊乃の中に入ってきたのだ。

「や、やめて、もう嫌あ」

絶頂を極めてから貫かれるというのは、菊乃にとっても初めての経験だった。過敏になった膣の中を擦り上げられる感覚は、一突きで音《ね》を上げるほどに強烈だった。

源次の腰は、一突き一突きの刺激をはっきり自覚させるかのように、ゆっくり、静かに突き出され、引いていく。源次の腰の動きにつられて、菊乃の乳房がゆさゆさ揺れる。

忽《たちま》ち菊乃の体を、さっき以上の息苦しさ、さっき以上の気持ち良さが襲う。堪らず菊乃は悲鳴を上げる。

今日の源次の腰使いは独特だった。腰を引いたところで、下に向かって小さく輪を描く。

するとペニスは梃子《てこ》の原理で、亀頭は上向きに輪を描いて動き、菊乃のＧスポットを引っ掻くように擦っていく。

「うぐうっ！」

その度に菊乃が声を上げる。声を上げた時には深く突き刺されて、今度は子宮を突き上げられるのだ。

「うああっ！」

Ｇスポット、子宮、Ｇスポット、子宮と早い感覚で交互に刺激される。この攻撃は強烈だった。忽ち菊乃は半狂乱の状態にさせられる。

「あ、あ、あああっ！」

「女将さん、勝手にいっちゃ駄目ですよ」

「だ、駄目、もう、駄目え」

「あっしと一緒にいくんだ、いいですね？　女将さん」

菊乃の頭が縦にかくかくと動く。実際の話は、次の瞬間にもいってしまっておかしくない状態なのだが、健気《けなげ》にも菊乃は、背中に括られた両手をぐっときつく握り締めた。源次の言葉に従って、自分の絶頂を源次に合わせるつもりなのだ。

「ああっ！　ぐ、ぐうっ！」

だが、オルガスムスに達したばかりの体はいつもよりもずっと脆《もろ》い。早くも菊乃は、次の頂点間近に追い詰められている。

背中がぐぐっと反り返る。自分の意思に関係無く、膣がぐうっと締まってくる。

「ああ、ごめんなさい。駄目。いきそう。ぐっ！　ううっ！　また、またいくう」

次の瞬間、菊乃はああっと叫んだ。源次の腰の動きが変わったのだ。技巧的な動きが消えて、単純で激しいピストン運動になった。

菊乃の体は、あっと言う間に絶頂に達する。そして、絶頂の高みにぶら下げられた。源次の激しいピストン運動に巻き込まれて、そこから降りてこられなくなってしまった。

「ああ、ああっ、ああっ、あああああっ！」

菊乃の口から、言葉にならない喘ぎが続く。乳房の揺れも大きく激しくなってきて、痛みさえ感じる。もちろん、快感もある。

（お、お願い、いって。源次さん、早く、いって）

菊乃は、言葉にならない言葉を心で叫ぶ。源次がいかない限り、菊乃はこの宙吊りの快感地獄から抜け出せない。

（ああ、は、早く、もう駄目、お願いだから、もう）

「あはっ、ああっ！　ぐ、ぐあああっ！」

源次の腰の動きが一段と激しくなる。菊乃の声も一段と激しくなり、もう殆ど悲鳴に近い。背中が反り返り、体全体ががくがく痙攣する。膣の収縮も一段と強まり、入り口の辺りできゅうっと源次を締め付ける。

「ああっ！」

突然、源次が乱暴に一物を引き抜いた。突然男に去られた淋しさに戸惑っている暇も無く、菊乃の鳩尾《みぞおち》の辺りに燃えるように熱い源次のスペルマが吐き出された。

「女将さん、よかった。あんたは最高だ」

源次の言葉は、菊乃の耳に届いていないかもしれない。さっきまでの激しいセックスの余韻で体をぴくぴくと痙攣させながら、菊乃は半ば放心状態でぐったりとしていた。

「は、はああっ、はああっ」

まるでフルマラソンを走り切った後のように、菊乃の呼吸は激しく乱れている。呼吸だけではない、頭の中も乱れ切って、菊乃はまだ何も考えられないでいる。ただ、すぐには去らない快感の残り火に翻弄され、焦がされているばかりだった。

「ぐああっ！　うぐうっ！」

そんな菊乃の体に、別の男が入って来た。怯えて目を開ける菊乃の前に、はにかんだように笑う佐竹の顔が見える。菊乃は必死でいやいやをする。

「駄目。もう駄目」

菊乃の言葉が聞こえなかったかのように、佐竹は一物をぐうっと奥に押し込んできた。菊乃の体が大きく反り、体を激しく戦慄《わなな》かせる。

色々な技があるものである。佐竹は菊乃の股間に自分の股間を密着させ、そして小刻みに激しく、震わせ始めた。菊乃のあそこ全体が、佐竹の動きに共鳴して、ぶるぶる振動し始める。

「あ、あ、あ、あ、あ、あ、ああっ！」

佐竹の起こした振動の刺激が、腰全体を支配する。菊乃は今まで感じたことの無い感覚に、頭を狂ったように振りたくった。一筋二筋、垂れてきた乱れ髪が、菊乃の被虐感を一層掻き立てる。

特に刺激が強いのはクリトリスである。昂奮してすっかり頭が剝き出しになっているクリトリスに、佐竹は自分の陰毛の茂みを押し付け、そして細かく震わせていた。まるで筆の先で撫られているような強烈な感覚が、肉芽の表皮を襲い続ける。

立て続けに二度のオルガスムスを迎えたことで、菊乃の肉芽は呆《あき》れるほど敏感になっている。佐竹が菊乃のクリトリスに恥毛を押し付けてきた瞬間、菊乃は心の中で「あっ、いくっ」と叫んでいた。普通ならそれだけでいってしまってもおかしくないような強烈な感覚が、背骨を突き抜けた。

そんな強烈な感覚が、鎮まること無く菊乃の体を責め苛《さいな》み続け、菊乃の頭と体は混乱の極みに陥る。気が付くと菊乃は自分から腰を使い、佐竹の恥毛に腰を押し付けて動かしていた。

「あっ、あっ、あっ、あっ、あっ、あっ、あっ、あっ、あっ、も、もう、もう、あっ、あああっ！」

深く突き刺さったペニスの先が子宮をなぞる。亀頭の先の振動が、菊乃の子宮を残酷に操る。

肉芽と肉襞、そして子宮。敏感な場所のあちこちにいっぺんに刺激を受け、いつしか菊乃は、快感を感じるだけの皮袋《かわぶくろ》と化していく。意思も感情も、何もかも消えていく。ただ、与えられた刺激に反応するだけの、哀しい風船だった。

たまに、佐竹は腰を引く。菊乃が思わずそれを追う。

追ってきたところを力一杯、佐竹は菊乃を刺し貫く。

「ああっ！　あはあっ！」

激しく子宮を突き上げられて、菊乃が切羽詰まった声を出す。頭が激しく、右に左に揺れる。乳房もつられて、右に左に、そして上下にと揺れ動く。

そして佐竹はまた、細かい腰の動きで菊乃を追い詰めていくのである。

「や、やめて、もうやめて」

「女将さん、綺麗だ。縄目を受けた女将さんは、一段と綺麗だ」

「お、おかしくなる。おかしくなるう」

腰の動きを継続しながら、佐竹は菊乃の耳元に囁く。

「おかしくしてあげますよ、女将さん。二度と正気に戻れないくらいにね」

「ああっ！　あ、ああああっ！」

佐竹の言葉に触発されて、菊乃が再び声を上げる。

菊乃は本当に、自分が変になってしまうのではないかと思う。それほど今の感覚は強烈だし、菊乃の精神の乱れようも尋常ではない。

このまま、戻ってこられなくなるのではないか、という気がする。このまま二度と正気に戻れないのではないか。本当に、死んでしまうのではないか。

そう思いながらも、さらに強烈な快感を求める自分がいる。もし今よりも凄まじい感覚があるのならば、それを感じてみたいと貪《むさぼ》る自分が。

「ああっ！　ま、またいきそう！　い、いってもいい？　ああ、本当に、いく！」

三度目のオルガスムスはさらに早く、強かった。菊乃は太鼓に反り返り、佐竹を弾き飛ばしそうな勢いで、三度目のアクメを迎えた。

ほんの一瞬だけ、佐竹は動きを止め、至福の時間を味わっている菊乃を眺める。

だが、次の瞬間、

「ぐふううっ！」

佐竹は菊乃を思い切り突き上げた。菊乃は全身を硬直させ、激し過ぎる感覚にぐっと耐える。

「あはあっ！」

佐竹がもう一度、突き上げる。眉間に深い皺を寄せて、菊乃は鈍い動きのいやいやをした。

「はああっ！」

三度、佐竹は菊乃を突いた。

そして、ゆっくりと腰を動かし始める。菊乃の体もそれに反応して、ゆっくり腰を使い始める。

（ああ、またいきそう。ああ、いきそう！）

アクメの感覚がさらに短くなってきている。ついさっき、三度目の絶頂に達したばかりなのに、もう菊乃は、危険な高みにまで追い上げられている。

そんな菊乃の陰核を、佐竹の恥毛が擽る。子宮の表を、佐竹の亀頭がなぞる。膣の内部を、佐竹の男根が揺さぶる。

菊乃の体がぐぐっと反る。そして反ったまま、固まってしまう。もうその体勢を崩せないくらい、菊乃の情感は高まってしまっている。一瞬たりとも、体のいきみを抜けない状態になってしまっているのだった。

「あっ！　あっ！　あっ！　あっ！　あっ！　あっ！　あっ！　あっ！　あっ！　あ、ああああああっ！」

佐竹の腰の動きが変わった。さっきまでの奇妙な攻撃がごく普通のピストン運動に変わって、その動きがみるみる激しくなっていく。佐竹の弾ける瞬間が近くなっていることが、菊乃にも分かった。

「お、女将さん。一緒にいこう。僕と、一緒に、女将さんも」

菊乃の頭がかくかくと縦に揺れる。

だが実は、佐竹のピストン運動が始まったとたんに、菊乃は既に絶頂に達してしまっていた。体の感度が高まり過ぎているため、エクスタシーの瞬間を通過しても膣が弛まなくなってしまっていただけなのだ。

「あああっ！　あはああっ！」

　そんなことは菊乃も初めてだったが、菊乃に立て続けにアクメがやってきていた。小さな波が二度続くことはよくあるのだが、本格的な波が連続することなど、今まで一度も無かった。

　もしかしたら、佐竹の願いに菊乃の体が感応したせいかもしれない。

「さ、佐竹さん、きて、一緒に、菊乃と一緒にきて」

「お、女将さん！」

　菊乃が、あっと叫ぶ。突然佐竹が、身動きできない菊乃の体に覆い被さってきたのだ。そして両腕を背中に回すと、強くぎゅうっと抱き締める。あまりに強い抱擁で、菊乃は息が詰まった。

「う、嬉しい」

　しおらしい声で菊乃が呟く。

　思えば今日一日、体を満たす快感は嫌と言うほど与えられたが、精神的な満足は一度も与えられなかった。佐竹のこの抱擁だけが、今日の菊乃へのご褒美だった。

「嬉しい、佐竹さん」

　もし今両手が自由ならば、お返しに佐竹の背中をぎゅっと抱いてあげたい。それができないのがもどかしい。

もどかしくて口惜しいのに、体はそのもどかしさ、口惜しさに反応してまたじわっと湿ってくる。

「あああっ！」

佐竹の腰が、再び激しく動き始める。菊乃の恥骨に佐竹の恥骨が、乱暴に幾度も叩き付けられる。

一瞬忘れかけていた情欲の嵐が、忽ちのうちに菊乃の体の中を吹き荒れる。すぐにもいってしまいそうな凄まじい快感に必死に堪えながら、菊乃は佐竹のその瞬間まで踏み留まろうとする。

「あああっ！　佐竹さん、もう、もう」

「女将さん、いくよ！」

「きて！　ああ、早く、早く！　あっ！　やあっ！　いやあっ！」

佐竹の腰が駄目押しのようにずんっずんっずんっと菊乃を突く。菊乃は堪らず、弾け飛ぶ。

菊乃の頭が、佐竹の肩の辺りにぐっと押し付けられる。

佐竹は器用に、頭と肩の辺りを菊乃に密着させたまま、下半身だけ浮かせて腰を引いた。ぎゅうっと締まって佐竹を抱き締めていた菊乃の膣の中から、佐竹の一物が乱暴に引き抜かれる。引き抜かれる瞬間、擦り上げられる刺激に反応して、菊乃の体がびくっと動く。次の瞬間、佐竹の熱い精液が、菊乃のお腹に撒《ま》き散らされる。

佐竹の体がゆっくりと離れていく。触れている肌が離れていく感触は切ないが、今の菊乃にはそれに追い縋る気力も無い。荒い息を吐きながら、激しい快感の余波にじっと耐えているのだった。

「あ、あはあああっ！」

菊乃の体の中に三人目の男が入ってくる。目を開けなくとも分かる。残っているのは若頭だ。

（お、大きい）

前の二人に比べて、若頭のそれは一回りも二回りも太く、また、大きかった。入ってきたとたん、菊乃の中は若頭のそれでいっぱいになってしまった。

「うおおっ、おうっ！」

「あああっ！」

最初の一突きで、菊乃の頭の中で火花が散った。

菊乃の両肩を、若頭のごつごつした両手が摑む。摑んで乱暴に、引き寄せる。それに合わせて、腰を思い切り叩き付ける。

「うっ！　うっ！　うっ！　あああっ！」

「女将！　嬉しいぞ！　俺はずっと、女将にこうしてやりたかった！　女将！」

「ぐっ！　ぐっ！　ぐっ！　あはああっ！」

若頭のセックスには、源次や佐竹のような技巧が無い。ただ、無骨に荒々しいピストン運動を繰り返すだけだった。

だが、今の菊乃に技巧の有る無しは関係無い。息を吹き掛けられるだけでいってしまいそうなくらいに体は昂ぶっているし、若頭の一物の刺激はただ突き上げられるだけで頭の先まで響いてくる。

「ううっ！　ぐっ！　うっ！　あああっ！」

「うおおっ！　おおっ！」

「ああっ！　また、いく！　いくう！」

あっと言う間に、菊乃はまた、絶頂に達してしまった。

「おおっ！　締まる、締まるぞ、女将！」

「ああっ！　いやあっ、こ、壊れる、壊れるう！」

菊乃の背中がぐぐうっと反る。次の絶頂が込み上げてきたのだ。

「ぐうっ！　ぐっ！　いやあっ！　いやあ！」

それでも若頭は突き続ける。菊乃の体は、早くもその次の絶頂が近付いてきていることを感じていた。

「女将！　いけ！　何度でもいけ！」

「ああっ！　ああああっ！」

菊乃はもう、許しを乞うことさえできない。あまりに激しい官能のために、言葉を発することさえできなくなってしまっている。

菊乃の目に涙が一筋こぼれる。随喜《ずいき》の涙というものがあることは話に聞いていたが、自分が流すことになろうとは思ってもみなかった。

「ああああああっ！」

また、菊乃の全身が痙攣する。一体これが何度目のアクメになるのか、菊乃自身にももう分からない。

「うおおっ！　おおおおっ！」

まるで永遠に腰を動かし続けるつもりであるかのように、若頭のセックスは果てしなかった。

そして、菊乃の快感も限りが無かった。体も心もずたずたに引き裂かれてしまいそうな強烈な絶頂感に何度も打ちひしがれながら、けもののような叫び声を上げ続けていた。

「い、いやあああっ！」

最後に一際大きな声で絶叫して、菊乃は意識を失った。

胸と鳩尾とお腹。三人分のスペルマをかけられたまま、菊乃は放心状態でぐったりとしている。縄は解かれ、自由の体になっても、菊乃はまだ動けずに荒い息を吐き続けていた。

体の奥には、さっきまで責められ続けていた官能の炎が燃え盛ったままである。膣の中もまだ熱く濡れているし、双つの乳首も固く尖ったままだ。

「ああ」

定期的に突き上げてくる余韻の波に襲われると、その度に菊乃は声を上げ、身を震わせる。切なそうに眉を顰め、腰の辺りを気怠《けだる》そうにくねらせたりする。

まだ意識がはっきりしないのだろう。時々開かれる目は焦点が定まらず、そしてまた、内から湧き上がってくる快感に身を委ねるかのように閉じられてしまう。

そんな菊乃の悩ましい姿を見下ろすようにして、源次と佐竹と若頭の三人は菊乃を囲んでいる。まるで、自分の征服した獲物を味わっているかのように。

杏と呼ばれる娘は、少し離れたところで腰を抜かしていた。まるで自分自身が男たちに犯されたかのように、娘の目も焦点が定まらず、朦朧としていた。

六

翌日、姿を現した菊乃を見て、一座の者は息を呑んだ。

一見、菊乃の姿は前日と変わり無い。だが、それはまるで、魂の抜け殻だった。昨日までの菊乃の、凜とした張りが全く感じられない。

結い上げられた髪も昨日と同じのようで同じでない。全体に緩んでいて、すでに乱れ髪が一筋二筋垂れてきている。帯の位置は下がって、男締めになっている。襟元は寛《くつろ》ぎ過ぎて胸元が見えそうだし、裾が撥ねて、歩くと足袋の上の素足が覗く。

明らかに菊乃は、前日の陵辱から立ち直れずにいた。全身隙だらけの菊乃は、昨夜暴《あば》き出された女の顔を、まだそのままに晒していた。

虚ろな目付きで菊乃がその場を見回す。人数が一人足りないことに気付いた菊乃は、怪訝そうな顔を源次に向けた。

「……若頭は？」

「急用ができてね。今日はいない」

それで話は途切れた。どうせ今の菊乃に、鮫島の外出の意味を考えるだけの思考能力は無い。

ただ、見回した時に目に入った、異様な光景には気を奪われた。

テラス全体に、縄が張り巡らされている。天井から床に掛けて放射線状に広がる縄に、ぐるぐると横縄が掛けられていて、それは文字通り縄の蜘蛛《くも》の巣である。

その蜘蛛の巣が誰のためのものなのかだけは、今の菊乃にもはっきりと分かった。


一時間後、蜘蛛の巣の真ん中に、菊乃は全裸で繋がれていた。

両手は斜め四十五度の角度で両側に広げられ、右脚は伸びた状態で、左脚は膝を曲げた状態で固定されている。股関節を目一杯広げさせられ、恥ずかしい部分を剝き出しにされているのが痛々しい。そして、腕にも脚にも胴体にも、ぐるぐると縄を巻かれて固定されている菊乃は、まさに大蜘蛛の餌食にされる生贄《いけにえ》そのものだった。

そんな菊乃を、源次と佐竹が眺めている。佐竹は一心に筆を動かしているし、源次は蜘蛛の糸に絡め取られて宙吊りにされた菊乃の裸体にうっとりと見とれていた。

「お前の目は正しかったな、佐竹」

源次が佐竹に声を掛ける。

「見ろ、たった一日の仕込みでもう縄酔いしている。この女将は本物だ。筋金入りの被虐の女だ。見ているこっちが、おかしくなっちまいそうだぜ」

源次の言う通り、既に菊乃は恍惚として息を乱れさせている。時々切なそうに眉を寄せ、股間は滲み出してきた愛液でぬめぬめと光っていた。愛撫の一つも受けていないのに、縄で縛られているだけで、菊乃の体は官能に打ち震えていた。

頬も首筋も、湯上がりの肌のようにほんのりと色付いている。目はとろんとして焦点が定まらず、目尻の辺りも心なしか少し赤らんでいた。時々唇を舐めたり生唾を呑んだり、軽く唇を嚙み締めたりしている。頻《しき》りに手足を蠢かせる様は、まるで縄の拘束感を確認し、楽しんでいるかのようにさえ見える。

そんな菊乃を、佐竹は一心不乱に描き続けている。まだ始まったばかりだというのに、佐竹の周囲は散乱した菊乃の絵で埋まっていた。

「女将さん、綺麗ですよ。とても綺麗だ」

佐竹に言葉を掛けられるたびに、それに反応するように、菊乃の腰がかくかくと引ける。

「ああ、やっとあなたが描けた。私は、この数年、この瞬間だけのために生きてきたんだ。女将さん、私はもう、このまま死んでもいい」

「ああっ」

突然、菊乃が激しく身悶える。見ると、いつの間にか後ろに回った杏が、菊乃の股間に指を這わせている。

「よせ、杏。今日はそういう趣向じゃない」

「だって、ただ晒し者にされるだけで何もして貰えないなんて、女将さんがかわいそうじゃない」

そして意地の悪い視線を菊乃に投げる。

「ねえ。女将さんだって、さっきからここをこうして貰いたくて、うずうずしてたのよね」

菊乃は真っ赤な顔をして横を向く。その消え入りそうな恥じらいが、杏の言葉が図星であったことを暗黙に認めていた。

「ほら、女将さん。ここをこうして、それからこうして欲しかったのよね」

「あっ！　あああっ！」

女の勘所を知る杏の責めに、菊乃は易々と追い詰められる。全身を打ち震わせて身悶えるのだが、雁字《がんじ》搦《がら》めの体は杏に蹂躙されるがままになっていた。

源次が苦笑する。杏に段取りを狂わされ、源次は次の責めに移らざるをえなくなってしまった。

「佐竹、お前はそのまま描き続けていればいいから」

「はい。すみません」

源次も杏に並んで蜘蛛の巣の後ろに回り込み、麻縄の隙間から両手を差し込んでいく。

「あ、ああっ！　い、いや！　駄目！」

腋の下から伸びてきた源次の手に気が付き、菊乃は狼狽えた。杏の軽い悪戯だけで、菊乃はもう、気が遠くなってしまいそうなほど、乱れてしまっている。この上源次の愛撫が加えられては、どうなってしまうか分からない。

「うっ！」

ぐぐぐっと伸びてきた源次の両腕が、菊乃を後ろから抱き締めた。骨も折れよとばかりに強く抱き締められ、菊乃は息が詰まった。

「い、痛い」

源次の乱暴な抱擁が、菊乃の官能をさらに掻き立てる。菊乃の股間がかあっと熱く燃える。その熱くなった場所に、杏の巧みな指戯の刺激がびんびん響いてくる。菊乃の腰は、跳ねるように動いた。

「どうしたの？　女将さん。腰の動きがすごくエッチよ」

「ああ、言わないで。言わないで」

「ほら、ここがこんなに充血しちゃって、ぱんぱんになってる。ここを、ほら、こうしてあげたら、すごく感じる？」

「あっ！　あああっ！　だ、駄目ぇ」

杏の指と言葉に虐められ、追い立てられながら、菊乃の意識は源次の体に引き付けられていた。

菊乃の背中にぴったり密着している、筋肉質の源次の胸板が熱い。菊乃の体をきつく抱き締めている、閂《かんぬき》のような両腕も熱い。菊乃の体に食い込んでくる、指の一本一本が熱い。そしてなにより、菊乃の首筋に吐き掛けられる、源次の吐息が熱い。

菊乃は次第に、杏の存在を忘れていった。なんだか、源次の体から生えている頑丈で太い二本の腕と一緒に、細い繊細な別の腕が源次の体から生えてきていて、それが菊乃の股間を虐めているような、そんな錯覚に陥り始めていた。

太い閂が菊乃の体を強く抱き締める。それに反応して菊乃があぁっと悶える。腰が踊る。踊る腰をさらに嬲るように、杏の指が下から腰の真ん中辺りを玩《もてあそ》ぶ。腰の踊りがますます激しくなって、動きが上半身にまで伝わる。その上半身の動きを利用するようにして、源次の腕が菊乃の胸を持ち上げる。指が脇腹の肉に食い込む。

こうして、いったん淫らな踊りが始まると、菊乃は太い腕と細い腕に嬲られるだけ嬲られて、その動きをどんどんエスカレートさせられ、止められなくなってしまう。

時々、三本の腕の責めがぴたっと止まる。だが、菊乃がはあっと力を抜いて気を許したとたん、突然また、源次の太い腕にぐっと抱き締められる。思わず、うっと腰を浮かせたとたん、柔らかくて繊細な腕が蠢き出し、菊乃の腰に淫らな踊りを強要し始める。こうして菊乃の淫らなダンスは、果てること無く続いていくのだった。

ああっ、と菊乃が小さく呻いた。菊乃の裸の背中に押し付けられた源次の胸板の下の方で、源次の股間のもう一つの人格が、熱く固く膨らみ始めたのだ。その変化を歓迎するかのように、菊乃はお尻をなよなよと源次のそれに押し当てる。

「げ、源次さん」

堪らず、菊乃が後ろを振り向く。源次の唇を求めて、首をぐぐっと後ろに捩《ね》じる。源次と目が合ったとたん、菊乃はまたああっと叫んで腰を震わせた。

（ああ、この人の吐息はこんなに荒々しく乱れているのに、股間のものは固く膨らんで熱く燃えたぎっているのに、目だけはどうして、こんなに冷たく醒《さ》めているんだろう）

その冷たい、残酷な視線に見詰められていると、菊乃の心は痺れてしまって、もうなにも考えられなくなってしまう。まさに今の菊乃は、蜘蛛の巣に捕らえられた蝶そのものだった。

「口を。源次さん、口を」

源次の冷たい目とは反対に、菊乃の瞳は熱く妖しく燃えている。その燃えるような瞳を閉じて、菊乃は源次の唇に唇を重ねる。麻縄の蜘蛛糸の隙間から、菊乃の舌と源次の舌が絡み合う。

「んんっ！　んんんんっ！」

源次と菊乃の長いキスの間も、杏の股間の責めは続いている。意地悪く、菊乃が源次とのキスに集中するのを邪魔するように、菊乃の体の悩ましい辺りを責めてくる。

「んんんんっ！　んんんんっ！」

もし菊乃の両脚が自由だったら、両脚を固く閉じて進入を防ごうとするだろう。もし両手が自由だったら、杏の手首を取って何とか股間から引き剝がそうとするに違い無い。だが、そのどちらも自由が利かない菊乃は、ただ悩ましく腰を振り続けるしか無い。

「あはっ！　あああっ！」

菊乃が悲鳴を上げて唇を離した。今までただ抱き締めていただけの源次の両腕が、菊乃の体をまさぐり始めたのだ。源次の愛撫に呼応するように、菊乃の全身がぴくぴくと捩れる。

源次の両手は、菊乃の腋壺から脇腹、腰のくびれの辺りまでをいやらしく行ったり来たりする。十指を立てて、決められた道筋を丁寧になぞっていくように、ゆっくりと菊乃の体側を刺激していく。擽ったいような、気持ちいいような、微妙で、それでいて強烈な刺激に、菊乃の体は否応無く反応してしまう。

そうしながらも、源次の手は交互に、菊乃の体の全面に攻め込んできた。乳房が揉まれる。腹筋を撫でられる。首筋を伝って這い上ってくる指が口の中に割り入ってくると、菊乃は唇を窄《すぼ》めてそれを咥え込み、思い切り吸った。

「はっ、はああっ！」

今度は杏が、行動を開始する。膣を責めていた指先を引き抜くと前に回り込み、菊乃のクリトリスを口に咥えてちろちろと舐め始めた。両手は、大きく開かれて固定された、両脚の、内股の辺りをソフト・タッチで撫でていく。

「あああっ！　いやいや、い、いけない！」

二人の責めが本格化することで、菊乃は一気に追い詰められた。腰の辺りががくがく痙攣し始めて、もう、アクメに到達させられるのは時間の問題だった。

「ああ、お願い、本当に、駄目、お願い」

菊乃は、いやいやをする。肩を窄める。足先を震わす。全身、いたるところ、いたる部分が、菊乃の快感の深さを表現している。

突然菊乃は、頭を上げて叫んだ。

「お願い、佐竹さん。見ないで」

一瞬たりともじっとしてはいられない狂おしい官能に責め立てられながら、菊乃はずっと佐竹の目に犯されているのを感じていた。体以上に心の奥の襞の隅々まで、佐竹に剝き出しにされ、撫で回されていた。

「く、くううっ！」

歯を食いしばって、菊乃は目を閉じる。最後の瞬間が訪れようとしていた。

「お、お願い、佐竹さん！　わ、私を描かないで！　か、描いては、い、いやあ！」

次の瞬間、菊乃の全身ががくんっと撥ねた。源次は菊乃の後頭部が顔に当たったらしく、驚いたように二、三歩後ずさる。杏も突き出された腰骨に押し退けられたように、ぺたんと尻餅を搗《つ》いた。麻縄の蜘蛛の巣全体が、菊乃の体の動きでぶるぶるっと震えた。

ほんの、一瞬の出来事である。既に菊乃は全身ぐったりと脱力して、失神状態で蜘蛛の巣にぶら下がっている。

「す、すごい……」

絶頂の瞬間、菊乃の発したエネルギーの強さに圧倒されたように、杏は呆然として裸の菊乃を見詰めている。源次もまた、あっけに取られたように立ち尽くしていた。

佐竹だけが、一心不乱に菊乃を描き続けている。一度縛り絵を描き始めると、佐竹は他のことが何も目に入らなくなってしまうのだ。

特に、菊乃の縛り絵を描いている時には。

奥からダイニング・テーブルが運び込まれてくる。源次は、まだぐったりとしている菊乃を抱き上げて、ダイニング・テーブルの上に乗せる。

「やめて、もう。お願い」

菊乃が源次に哀願する。

もちろん、それで許してもらえるとは菊乃も思っていない。乱暴に、テーブルの上に投げ出されて、ああっと一声、菊乃は諦念《ていねん》の声を洩らす。

菊乃はテーブルの上に大の字に固定される。テーブルの脚の一本一本に両手両足を括り付けられ、思い切り引き絞られていく。菊乃の体は大の字にぴんと張った状態で、身動き一つ取れなくなった。

まだ何もされていないのに、菊乃の体が悩ましく動く。まるで拘束を確かめるように、腕を動かしては動かないことを確かめ、足を動かしては動けないことを確かめていた。そしてその度に、悩ましい表情になるのだ。

佐竹は菊乃の周りをぐるぐる回りながら、色々な角度から菊乃を描き続けている。時々源次と目を合わせるのは、もう少し待ってくれとか、もういいとか、合図を源次に送っているらしい。

源次は鞄の中を、なにやらごそごそと探る。捜し物を見つけると、源次は菊乃の方に顔を向けてにっこりと笑う。

「俺は、道具を使うのは好きではないのだが」

取り出したのは、四本の筆だった。穂先に、柔らかそうな毛先がふわふわと広がっている。

菊乃の表情が、恐怖と期待で引き攣った。

「まあ、これくらいのものはいいだろう」

「いや。やめて。そんなものを使わないで」

「なぜだい、女将さん。お習字は、嫌いかい？」

「へ、変になる。そんなもので責められたら、おかしくなる」

「馬鹿だな、女将。あんたをおかしくさせるために、これを使うんだよ」

源次は二本の筆を杏に渡すと、残りの二本の筆を両手に一本ずつ持った。杏も、源次に倣《なら》う。

そして二人は、両脇から菊乃を挟む形で立った。菊乃の緊張は、ピークに達している。いや、いやと、頻りに頭を振りながら、源次の許しを、目で求める。

「お願い、源次さん、いや、いや、い、いやあっ！」

菊乃の哀願を無視するように、源次の筆が、そして杏の筆が、同時に菊乃の二つの耳の穴の中を擽る。

どちらか片方の耳だけを責められたのであれば頭を傾けて筆から耳を逃れさせることもできただろうが、両方一度に責められて、菊乃はどうすればよいか分からない。ただ、顎を突き上げて、強烈な刺激に翻弄されるばかりである。

「あ、あああああっ！」

耳のじれったい感覚が、子宮の奥に響く。触られているのは耳の穴なのに、我慢できずに動くのは腰の方だった。

「ううう っ！」

耳の穴を責めながら、別の筆がまた、今度は腋《わき》の下に触れてくる。菊乃のお腹が、太鼓に反る。

「や、やめて。く、くすぐったい。くすぐったいぃ」

「そんなにくすぐったいのか、女将」

菊乃の頭が縦に揺れる。

「だったら笑ったらどうだ。そんなにくすぐったいのなら、笑え、女将。笑うんだ」

だが、熟した女体は、擽ったさまで官能に変えてしまう。菊乃はただ、眉根に皺を寄せて、一層激しく腰をくねらせるのだった。

耳の穴の中の筆はいつまでも去らないが、腋の下の筆はせわしなく動く。腋の下から脇腹へ、また、腋の下まで戻ってきたかと思うと、腕の裏の柔らかい辺りを撫で上げていく。手首を擽って、また下がっていく。腋壺から脇腹へと降りていく。

「はああっ！　あはははああっ！」

菊乃の体にぐぐっと力が入る。まるで見えない男根で突き上げられたように、子宮の底の辺りにずきんと痺れるような感覚が突き上げてくる。

「だ、駄目、もう駄目ぇ」

「なにが駄目なの、女将さん？」

「お、おかしくなる。もう、おかしくなっちゃう」

杏の筆が、菊乃の耳の穴の中を一層強く抉《えぐ》る。ああっと悲鳴を上げて、菊乃の体がまた反り返る。

「おかしくなっちゃえばいいじゃない」

「あっ！……ああっ！」

「女将さん、あたしがおかしくしてあげる」

「ああっ！　あはあっ！　い、いやあっ！」

大きく体を反らせたまま、菊乃の体が痙攣する。もう、弾ける瞬間がやってくるのは時間の問題だった。

その時、源次の筆がすっと逸れた。菊乃の耳の穴から首筋を伝って、下に降りていく。杏の筆もそれに従う。

「うっ、うううっ」

耳への暴力的な愛撫は去ったが、首筋の刺激も決して甘いものではない。菊乃の体は、まだがくがく震えている。

筆は腋の下の方に抜けて、乳房の下をなぞり、上に回って、乳首を中心にした大きな円を描く。

乳房の裾野を何度も何度も回りながら、次第に小さな円に縮んでいく。最終的な到着点が乳輪であり、乳首の側面であることは言われずとも分かる。

菊乃は上半身にぐぐっと力を入れて、刺激に耐える。乳首に触れそうで触れない、もどかしい刺激、そのもどかしい刺激は、さっきまでの暴力的な刺激以上に菊乃を責め苛んだ。

(触れて。どうせ触れるのなら、いっそひと思いに触れて)

乳首が充血して、痛い。今、この乳首を筆で嬲られたら、菊乃は一撫でででいってしまうかもしれない。

それより辛いのは、股間の疼きである。微かな感触で責め立てる筆先の責めは、どこに触れても的確に子宮に響いてくる。さっきから菊乃の膣の中は腫《は》れぼったく充血し、熱く煮えたぎり、愛液を溢れさせていた。

あまりの焦れったさに源次の次の責めをねだろうと横を向いた菊乃の視線が、一瞬、止まった。

源次の後ろに佐竹が立っている。さっきから佐竹は、菊乃の周りをぐるぐる回りながら、色々な角度で菊乃を描き続けていたのだ。

あまりの恥ずかしさにさっと顔を背ける。見ないで、と心の中で悲鳴を上げる。

たった一瞬の一瞥は、菊乃の股間にさらに激しい衝撃を与えた。菊乃はまた頭を大きく反らせ、くうっ、と喉の奥で呻き声を上げた。

(ど、どうして、源次さんも佐竹さんも、この人たちはみんな、あんな醒めた目付きのままで、こんなに残酷に女を責めることができるのかしら)

「あはあっ！　ぐあああっ！」

とうとう、筆が乳首の先を擦り上げてきた。源次の筆と、杏の筆が、同時に菊乃の乳首の表皮の上でさわさわと踊る。菊乃の全身ががくがくと激しく揺れた。腰の辺りは、さらに一層激しく撥ねる。

「はあっ、はあっ、はあっ、はあっ」

菊乃はもうすっかり観念してしまって、源次と杏のなすがままになっている。時々大きくのけぞって悲鳴を上げるが、すぐにまた体の力を抜いてしまう。もう逆らう気力も失せるほど、菊乃の体は痺れ切っているのだった。

責めの形はさっきの耳の責めと同じである。一度乳首を捉えた筆先は、乳輪の縁をなぞり、乳首の側面を巡り、そして全体を捏ね回し、いつまでもしつこく乳首を責め続けた。

対してもう一方の筆は、菊乃の下半身を行きつ戻りつ、あちこちを撫でていく。腹筋の両端に沿って下に下がっていき、両脚の付け根をなぞり、陰毛の裾野を辿ったり、お臍の周りを擽ったり、時にはお尻や腰の裏側に回ったりと、せわしなく動き回る。その動きに合わせて、菊乃の体も右にくねり、左に捩れ、腰を引いたり、浮かせたりと、落ち着き無く動き回っている。動く人影を菊乃が追う。案の定それは、反対側に回り込んだ佐竹だった。いやいやと頻りに頭を振りながら、菊乃は泣きそうな目で佐竹に訴えた。

「い、いきたい。お願い、佐竹さん、いきたい」

筆の刺激は強烈である。だが、いけない。

さっきから、触れなば落ちんという状態まで追い上げられていながら、菊乃はどうしても絶頂まで達することができない。今の菊乃は、文字通り半狂乱の地獄の中に居た。

「あああっ！」

また、強烈な快感に突き上げられて菊乃が悶える。

それでも菊乃は、いくことができない。

「あ、熱い。熱い」

「女将、熱いのかい」

源次が耳元で言葉嬲りを始める。菊乃は辛そうに眉を顰める。

「熱い。お願い、熱い。もう、許して」

「どこが熱いんだ？　教えてくれないと、分からねえぜ」

「あそこ。あっ！　ああ、あそこが」

「あそこって、どこでえ？　はっきり言ってくれねえと、分からねえよ」

「ああああっ！」

また、強烈な刺激が突き上げてくる。菊乃の体が大きく撥ねる。そして菊乃は、消え入りそうな声で、菊乃の体の中心を指す隠語を口にした。源次は口元だけで、にやっと笑う。

「そうかい。女将のあそこはそんなに熱く火照っているのかい」

菊乃の頭が、縦にかくかくと揺れる。

「だから俺に、触って慰めてもらいたいって訳だ」

菊乃の頭が、かくかくと揺れる。源次の唇が、さらに菊乃の耳元に近付く。

「いやなこったい」

ああっ、と菊乃が身悶える。

源次と杏の筆がするすると下に降りていく。

それは、菊乃の一番触れて欲しい場所を素通りして、足先の方向に離れていく。菊乃は激しく腰を振り、抗議する。

「お、お願い。もう我慢できない。我慢できないの。ああ、もう、もう虐めないで」

次の瞬間、足先からくる強烈な刺激が、股間の奥を直撃した。菊乃は甲高《かんだか》い悲鳴を上げて、頭をぐんと突き上げる。

「あっ！　あはあぁっ！」

源次と杏は、片方の筆の穂先で菊乃の足の指の股を丁寧に撫でている。もう一方の筆は逆さにして、柄の部分の先で土踏まずの辺りを押したり、足形に沿って足の裏をなぞっていったりしている。

乳首に負けないくらいの衝撃が、いや、もしかすると乳首以上の衝撃が、股間を突き上げてくる。体のいきみが抜けなくなった菊乃は、体を反らせた状態のまま、声を上げ続けている。

それでも、いけない。目眩《めくるめ》く官能の炎に炙《あぶ》られながら、菊乃の体はどうしても最後の瞬間に辿り着けなかった。

「お、お願い。い、いきたい。あああっ！　い、いかせてえっ！」

縋る思いで頭を持ち上げ、菊乃は足元の方を見る。左右の足先に取り付いている源次と杏の間に挟まれる形で、佐竹が立っているのが見える。

「お、お願い、佐竹さん。来て。昨日みたいに、私を犯して」

ああっと菊乃の体が反り返る。菊乃の言葉を遮るように源次と杏が、探り当てた敏感な場所をまた、刺激してきたのだ。

「あああっ！　ほ、欲しいっ！　お願いっ！　入れて！　私の中に、つ、突っ込んでえ！」

それから菊乃はいやらしい、日頃の菊乃なら到底口に出来ない恥ずかしい言葉を並べ立てて、源次や佐竹の情けを乞うた。

だが、二人が挑発される様子は全く無い。菊乃はいつまでも、快楽の宙吊り地獄に置き去りにされていた。

突然、刺激が止んだ。まるで嵐の中の凪《なぎ》のような静けさに、菊乃は荒い息を吐きながら虚ろな視線を天井に投げている。

「あああっ！」

菊乃が呻く。突然、源次の左の人差し指がお尻の穴に入り込んで来たのだ。

「い、いや。そこは、いやっ！　うっ！　ぐっ、うぐうっ！」

続いて源次の右手の指が一度に二本、挿入される。包皮から頭が剝き出しになっているクリトリスに、源次の唇が触れる。

「あはっ！　あはああっ！」

望んでいた刺激をようやく与えられ、菊乃はぎゅっと目を閉じた。与えられる刺激は一つも逃すまいとするかのように、菊乃は意識を下半身に集中させた。

三箇所一度に、強烈な刺激をぶつけられる。クリトリスをぺろぺろと舐められ、膣の中、お尻の穴の中の、訳も分からない敏感な場所を撫でさすられる。それは、この世のものとも思えない気持ちの良さだった。

だが、散々焦らされた菊乃にその気持ちの良さをゆっくり味わう余裕はもう無い。あっという間に菊乃は追い詰められ、そしてアクメへと突き上げられた。

「く、くうぅっ！」

菊乃の全身が、一瞬びくんと大きく撥ね、がくがくっ、と二、三度震えて、そして菊乃の力が抜けた。腹の筋肉だけが、いつまでもぴくん、ぴくんと痙攣している。

源次が両手の指を抜く。照れたように、源次が笑いながら指をさする。

「おお、痛え。すごい締め付け方をしやがる。指の骨が折れるかと思ったぜ」

源次の言葉も全く耳に入っていない様子で、菊乃は恍惚とした表情でぐったりと身を横たえていた。

「おい、佐竹、いつまで描いているんだ。少し休憩しねえか」

源次が、佐竹に声を掛ける。

「いや、もう少しですから」

「来いよ。お前にごちそうしてやりたいものがあるんだ」

そういうと、源次は菊乃の両足の縄を解き、脚を一つにまとめさせた。それをまた、縄でぐるぐる巻きにする。菊乃は十字架に架けられたキリスト像のような姿勢になった。

ようやく意識のはっきりしてきた菊乃は、不安げな様子で源次の仕事を眺めている。これから何が始まるかは分からないが、今度もまた菊乃は、身も世も無いほど感じさせられ、悶えさせられてしまうに違い無いのだ。

「さあ、佐竹。こっちだ」

源次は菊乃に軽く膝を曲げさせると、抱えてきた一升瓶の中身を菊乃の股間に注ぐ。冷たい液体の感触に、菊乃がひっと小さい声を上げる。

「ワカメ酒だ」

ははっと杏が声を上げて笑う。そして、菊乃の耳元でこう囁いた。

「本当だ。ねえ、女将さんには見えないだろうけど、お酒の中で女将さんのお毛々が揺れて、まるで本物のワカメみたい」

「い、いや」

菊乃は恥ずかしそうに顔を背ける。その耳元で、源次が囁く。

「女将さん、しっかり股を閉じておくんだ。酒をこぼしたら、お仕置きだからね」

恨めしそうな目付きで、菊乃は源次を睨み付けた。源次はまるで、動じない。

「さあ、佐竹。飲んでみな」

「は、はい」

佐竹が、おずおずと、菊乃の股間に頭を突っ込んでいく。

菊乃の腰骨の両側に、佐竹の手が添えられる。菊乃は、うっ、と小さく呻く。添えられた手の感触だけで、菊乃の体は敏感に反応してしまう。

股間の辺りでぴちゃぴちゃとし始めると、菊乃はその音にも感じてしまうらしく、くねくねと体を悩ましく動かし始めた。

「なんだい。お前、縛り絵はうまいが、女を責めるのは下手だなあ」

「す、すみません」

「どれ、俺が手伝ってやろう。いいか、ワカメ酒ってのはな、こうして飲むんだ」

「ああっ！　あああっ！　だ、駄目っ！」

源次は菊乃の入り口に手を添えて、それを両側に押し開いたのだ。合わせて親指でクリトリスの根元を押して、鞘の中から肉芽をペロンと剝き出しにした。

菊乃の割れ目が開いて、奥まで酒が流れ込んでくるのが分かる。冷たい感触に、クリトリスがきゅっと縮こまる。そのクリトリスを、佐竹の舌がすうっと掠めた。

「ぐうっ！　あ、あはあっ！」

股間に溜《た》まった酒をぴちゃぴちゃ舐められる精神的な恥ずかしさと、膣の入り口や肉芽を舌先で愛撫される肉体的な快感。その二つが入り混じって、菊乃の頭の中は真っ白になる。ぴちゃぴちゃという音が響くたびに菊乃の腹筋が痙攣し、佐竹の舌がクリトリスに触れるたびに菊乃の体は飛び上がった。

それでも、股間の酒はこぼれない。惑乱して、すっかり思考力を痺れさせてしまった菊乃だったが、源次の酒をこぼすなという命令を守ろうとする意思だけは消えずに残っていた。

「ね、ねえ、恥ずかしい。ああ、恥ずかしい」

菊乃の膣から愛液が滲み出してくる。その愛液は、股間を浸した酒に溶け込んでいく。そしてその愛液の溶け込んだ酒を、佐竹が音を立てて舐めているのだ。

そう思うともう恥ずかしくて、菊乃はどうしてよいか分からなくなってしまう。

「はあっ！　あはあっ！」

股間に溜めた酒の量が減っていくのを、菊乃は体で感じている。それに伴って、佐竹の舌の当たる位置がクリトリスから離れ、膣口に近付いてくる。菊乃の腰が、思わず知らず、佐竹の舌を迎えに行くように突き出される。

「源さん、お酒が、本当に人肌に温《ぬく》もってきましたよ」

「そうかい。女将がそれだけ、燃えてる証拠さ」

実際、菊乃の体は全身かっと熱くなっていた。まるで、膣から流れ込んできた酒が、膣壁から吸収されているようだ。

いや、本当にそうなっているのかもしれない。今の菊乃の頰の火照りは、単なる昂奮のせいだけだとは思えない。

「あああっ！」

とうとう、佐竹の舌先が入り口を舐めた。菊乃の上半身ががくがくっと震えた。

それから、佐竹の舌は同じ所を何度も繰り返し舐めてくる。

どうやら、佐竹の舌では、それ以上奥の酒まではうまく舐められないらしい。それで、いつまでも同じところで足踏みをしている。

堪らないのは、菊乃である。悩ましい場所をいつまでもいつまでも舐められていると、また中が欲しくなってくる。

「だめ」

小さく拒絶する声に、力が無い。このまま乱暴に両脚を割り裂かれて、佐竹の男で刺し貫かれたら、どんなに気持ちよいだろう。

「ううう っ!」

菊乃の体がまた、反る。舌先で舐めることを諦めた佐竹が、口を窄めて奥の酒を吸い出し始めたのだ。

じゅるる、じゅるる、という音がする。その度に、菊乃の割れ目の辺りに不思議な、もどかしい感覚が生じてくる。

佐竹はしつこく、菊乃の股間の酒を吸ってくる。じゅるるという音がする度に、菊乃の体がびくんっと揺れる。

長い責め苦の後、ようやく佐竹が頭を上げた。もうこれ以上は飲めないと、ようやく諦めがついたらしい。

「どうだ、佐竹。満足したか」

「ええ。いや、本当は、最後の一滴も残したくはなかったんですが」

「意外に飲んべえだな。もう酒なんか、いくらも残っちゃいないじゃないか」

源次が、菊乃の股間を覗き込んで言った。菊乃は肩を竦め、あまりに恥ずかしい二人の会話に耐えている。

「どれ、俺もちょっと、いただこう」

佐竹と入れ替わり、源次は再び酒を注《つ》ぎ足した。大事な辺りがまた、ヒヤッとした感触に包まれて、菊乃のお尻の穴がきゅっと締まる。

佐竹と同じように、源次の両手が菊乃の腰を挟むと、菊乃の体がぴくっと反応する。これからまた辛い責めが始まることを覚悟して、菊乃はきりきりと歯を食いしばった。

「あっ！　や、いやああっ！」

源次が酒を飲み始めると、菊乃はすぐに悲鳴を上げた。源次の舐め方は佐竹よりもずっと淫靡だった。最初から酒を飲むことが目的ではなく、菊乃を責めることが目的だとはっきり分かる舐め方だった。舌先は菊乃の割れ目や肉芽を終始舐め回して、ぴちゃぴちゃという音もことさら高く響かせる。

「うっ！　うっ！　ぐうううっ！」

菊乃の上半身が震え、悶え、のたうつ。酒をこぼさないように下半身の動きを抑えている分、上半身の動きが激しくなってしまう。

股間から迫《せ》り上がってくる快感は強烈だ。できることなら、このまま身を任せてしまいたい。いっそ、このままいってしまいたい。

だが、それはできない。一瞬でも気を抜けば、膝の力が抜けて酒がこぼれてしまう。菊乃は、自分を押し流してしまいそうな強烈な快感に必死で抵抗し、辛うじて自分を保ち続けていた。

だがその快感は、菊乃が押し殺そうとすればするほど、逆らおうとすればするほど、強烈な余波で菊乃を責め立てる。

「お、お願い、もう、もういかせて」

「いけばいいじゃねえか」

源次が、意地悪くそう返す。

「だ、だって、ああっ！　も、もう、もう、ああっ！　あはあっ！」

股間の酒の水位が下がってクリトリスが顔を出しても、源次は意地悪く舌を伸ばしてくる。酒の中から舌が飛び出してきて、クリトリスの先端をするっと舐めていく。その度に菊乃は大声を出して、全身を震わせた。

体がかっかと熱い。全身から汗が噴き出してくる。頭がくらくらして、意識が遠くなりそうになる。今度こそ菊乃は、はっきり酔いを意識し始めていた。

女にとって酒は媚薬である。理性を痺れさせる。湧き上がる官能に身を任せたい衝動に、思わず負けそうになる。

それでも菊乃は、必死の思いで源次の愛撫に耐えていた。

じゅるるっ！

「ああっ！　く、くううっ！」

菊乃の股間で、またあのいやらしい音が始まる。残った酒を、源次が吸い上げ始めたのだ。菊乃の腰が、またぴくぴくと動く。

（も、もう少しだわ）

この音が聞こえてくればもうすぐ責め苦が終わる。そのことは、さっき佐竹の時に学んだ。菊乃は最後の力を振り絞って、股をもう一度、くっと締めた。

それにしても、酒を吸い上げられる瞬間の、あの耐え難い感触はどうだろうか。少しでも気を緩めればいってしまいそうな切羽詰まった感触に、菊乃は必死で頭《かぶり》を振り、手を握り締め、足先を踊らせて耐えるのだった。

菊乃の意識が朦朧とし始めた時、股間の感触が消えた。どうやら源次も、二杯目の酒を飲み終えたようだった。なんとか責め苦に耐え切った菊乃は、はあっと肩の力を抜いた。

そんな菊乃の顔を、杏が、悪戯っぽく覗き込む。

「ごめんね、女将さん。あたしも一杯、いただいていい？」

そう言うと、また菊乃の股間に酒を注ぎ足す。ああっと辛そうな溜息を吐いて、菊乃が横を向き、きつく目を閉じる。

例によって源次が、菊乃のクレパスを横に広げる。

「くっ！　うくううっ！」

杏が酒に口を付けると、菊乃の背中が大きく反り、ぶるぶると震えた。足先が伸びたり縮んだり、全身が落ち着き無くくねくねとうねり出した。

「どうしたの？　女将さん。そんなに動くと飲みにくいじゃないの」

「だ、だって、だって、ああぁっ！　あはあっ！」

杏の舌は蛇のように細い。その細い舌が、佐竹や源次の舌では考えられない場所にまで届いて、愛撫してくる。内股を割って膣の後ろの蟻《あり》の門《と》渡《わた》りを擽る。膣の中に舌を入れてきて、中をぺろぺろと舐め回す。小さな円を描くように、クリトリスの根元をぐるぐると舐められた時には、菊乃の頭の中で火花が散った。

「ああっ！　お、お願い、許して、もう、駄目えっ！」

「なにが駄目なんだい、女将」

「ああ、げ、源次さん、もう、許して。もう、本当に、駄目になるう」

「駄目になっても膝の力を抜くんじゃねえぜ。酒をこぼしたらどうなるか、分かっているだろうな」

「そ、そんなの、無理です、あぁっ！　だ、駄目です」

「綺麗だよ、女将。なんて、綺麗な肌なんだ」

そう言いながら、源次が菊乃の首筋を撫でる。予期せぬ刺激に、菊乃の体がぶるぶるっと震える。

事実、この時の菊乃の肌は美しかった。酒気と性的陶酔が、菊乃の全身を上気させていた。白磁色の肌を透かして、全身が薄桃色にほんのりと染まっている。噴き出した汗と白粉《おしろい》が混じって、仄《ほの》かに甘い香りを発していた。

「い、いや。触らないで」

「どうしてだい。美しいものには、触れたくなるってもんだぜ」

そして源次は、菊乃の乳房を撫で始める。乳房全体に押し付けるようにした指がゆっくりと円を描き、擦り上げるようにして乳首の根元を撫で回す。

「は、はあ、う、ううっ！」

杏の舌の動きが早くなる。菊乃の膣の入り口全体を揺らすように、杏の舌が踊り出す。

菊乃の腰が、痙攣し始める。

源次の指も動きを早める。乳房全体がゆさゆさと揉まれ、源次の指先に弾かれては、菊乃の乳首がぷるるんと揺れる。

菊乃の腹筋がぴくぴく動く。菊乃は背骨を反らせ、頭を突き上げた。

「ああっ、う、うぐっ」

上に向けた唇を源次の唇が塞ぐ。菊乃は、声を出すことができなくなる。

杏の舌がクリトリスを舐める。膣の中に割り込んでいき、中を掻き混ぜる。

源次の指が、菊乃の乳房を締める。乳首を弾く。指先で押し潰し、捏ねる。

そして源次の舌先が菊乃の舌を嬲る。

突然、菊乃の頭が大きく揺れた。源次に塞がれていた口が、自由になる。

「はあぁっ！」

次の瞬間、菊乃の全身が恐ろしい力で反り返り、硬直した。頭をぐんと突き上げて、断末魔の叫びを上げる。ほとんど、頭と右肩、踵《かかと》の三点だけで体を支える形で、全身が大きく反り返った。

「あああああっ！　い、いく、いくうっ！　いくううぅ！」

ぐぐぐぐぐっと全身を硬直させて、がくがくがくと痙攣し、そしてそのまま、菊乃はぐったりと脱力してしまった。股間の酒の水位がすうっと下がり、テーブルの上に水溜まりができる。

「あああ、こぼしちゃった。駄目ねえ。女将さん」

「ごめんなさい」

菊乃は辛うじてそう答えたが、すでに半ば失神状態で、頭もうまく働いていない。

「仕方無いな。女将さん、約束だ。お仕置きだよ」

「ごめんなさい。ごめんなさい」

源次の言葉にも、菊乃はただごめんなさいを繰り返すだけだった。

そして、菊乃に対するお仕置きが始まった。

両腕を高手小手に縛られた菊乃が立っている。菊乃の股間には、麻縄が一本渡されていた。その一方の端を源次が、もう一方の端を佐竹が持っている。

「あっ！　ああっ！　ああっ！」

「ほら、女将さん、あんよは上手、あんよは上手」

杏に連れられて、菊乃がよろよろと歩いていく。連れられてと言っても、菊乃は後ろ手に縛られたままだ。杏は菊乃の両乳首を指先で摘んで引っ張っているのだ。

立ち止まれば乳首が前に強く引っ張られる。だから菊乃は、前に歩いていくしか無い。

源次と佐竹が両端を握っている麻縄は、菊乃の股間にしっかりと食い込んでいる。菊乃が歩くと、結果として股間を麻縄で擦り上げられることになる。麻縄の感触が、指や舌の感触よりも数倍、いやらしく煽情的《せんじょうてき》であることを、菊乃は今日、初めて知った。なにしろ、縄の愛撫には終わりが無い。指の一撫で、舌の一舐めが、縄を渡り終わるまで延々と続くのである。

しかも、麻縄には一定間隔で結び目が作られている。その結び目が、先ずクリトリスを圧迫し、膣の入り口を擦り、蟻の門渡りを擽り、お尻の穴を撫でて通り過ぎていくのである。一つの結び目が通り過ぎたと思うと、また次の結び目がクリトリスを刺激し始めるのだ。

菊乃は、股間を両手で覆って、座り込んでしまいたかった。だが、後ろ手に括られた腕は自由にならない。座り込もうとすると縄の圧迫が強められ、さらに強烈な刺激を生む。あまりの切なさに歩みが遅くなると、杏の指が菊乃の乳首を強く引っ張る。もう、菊乃はどうすればよいのか、分からなくなってしまう。

「お、お願い。もう、もう休ませて」

「駄目だ。女将、まだ始めたばかりじゃないか」

そう言って、源次は床に積んであった石を一つ並べた。

菊乃のお仕置きは、お百度参りだった。源次と佐竹の間を一往復すると、石が一つ並べられる。

菊乃は先ほどから、源次と佐竹の間を何度も往復させられている。石が百個並ぶまで、菊乃はこの責め苦に耐えなければならないのだった。

だが、股間の割れ目の中を縄で刺激されながらのお百度など、どだい無理な話なのだ。まだ十往復もしていないのに、菊乃はもう限界に近付いていた。止めようとしても止まらない腰の震えは、アクメが近付いているなによりの証拠だった。

「さあ、女将さん、しっかり歩くのよ」

「あっ！　あ、杏さん、駄目、引っ張らないで」

「引っ張られたくなかったら、しっかり歩くのよ。さあ」

杏は、菊乃の乳首を強く捏ねながら引いた。堪らず菊乃は一歩踏み出す。

菊乃の股間を縄瘤《なわこぶ》が一つ、通過していった。表面には触れずに割れ目の中だけを擦り上げていく奇妙な刺激に、菊乃の背骨の辺りがぞわぞわと粟立つ。

「そうそう、その調子よ、女将さん」

杏がまた、菊乃の乳首を引く。菊乃はまた、一歩進む。

縄瘤が一つ、菊乃の股間を通過する。菊乃の腰が後ろに引ける。悩ましい刺激の余韻の切なさに、菊乃の表情が泣きそうなものに変わる。

「さあさあ、女将さん、もうちょっとよ」

杏が、菊乃の乳首を、魚釣りで魚信《あたり》を窺うように、つん、つん、つん、と小刻みに引く。

菊乃は一歩、二歩、三歩と、連続して進む。

縄瘤もまた、連続して股間を通過する。

「あはあっ！」

突き上げるような快感が子宮に響く。腰の辺りがじいんと痺れて、それきり菊乃は動けなくなった。

「どうしたの？　女将さん」

乳首を強く引いても歩かなくなった菊乃に、杏が問い掛ける。そして、ぷっと吹き出した。

「やだ、女将さん、自分で腰振ってるの？」

確かに菊乃は、自分で腰を振って縄に股間を擦り付けていた。次の縄瘤にクリトリスを押し当てて、腰の動きでクリトリスの刺激を繰り返していた。

それだけではない。上半身を揺することで、杏が摘んでいる乳首を自分から引っ張り、自分で刺激していた。

いまや菊乃は、忘我の状態で性の快楽を求めて止まない一匹のけものになった。

「これ以上は無理か」

源次にしても、本当にお百度を完成できるとは思っていなかった。むしろ、事前にあれほど性的に昂奮させた状態で、十回近くも往復したというのは驚くべき忍耐力だ。

杏や源次、佐竹の視線もまるで気にならないように、菊乃は腰を振り続けている。盛りの付いた犬という言い回しがあるが、菊乃の腰振りダンスは、まさに盛りの付いた犬の所行であった。

突然、菊乃の体がびくんと痙攣する。

「あああっ！」

菊乃が悩ましげな声を上げた。源次が円を描くようにして、麻縄を揺らし始めたのである。麻縄の瘤が菊乃のクリトリスに当たっている。その縄瘤を揺することで、菊乃の肉芽に強い刺激を与えることができる。

「あ、ひ、ひいっ！」

今度は後ろで、佐竹が縄を揺すり始める。こちらは、左右に縄を小刻みに揺するような動きだった。食い込んだ縄に押し広げられて、お尻の肉がぶるぶると揺れる。

前と後ろから違う振動を与えられて、菊乃の股間には複雑な刺激が入り乱れた。菊乃は両脚を内股に締めて縄の動きを止めようとするが、そうすると、股間の刺激はかえって強烈なものになってしまう。

「ああっ、ああっ」

腰をくねらせ、頭を振りたくって、菊乃が悶える。

「杏、いかせてやれ」

言われて杏は、菊乃の乳首から指を離す。代わりに双つの乳房を鷲摑みにし、ゆさゆさと揉み立てた。

「あはあっ！　ああっ！　や、やああ！」

堪らず、菊乃はその場にぺたんと座り込む。それでも源次と佐竹は縄を揺すり続ける。上体を支えていることさえできなくなった菊乃は、その場に突っ伏してしまう。

それでも源次と佐竹は縄を揺すり続けているし、杏は改めて背中から両腕を回して、菊乃の乳房と乳首を愛撫し続けている。どうあっても逃れられない快楽地獄の中で、菊乃は絶望的に追い立てられていく。

「あ、ああっ！　や、やめてぇ！　へ、変になる、お、おかしくなるうっ！」

それでも源次と佐竹は縄を揺り動かす。杏は乳房、乳首を責めながら、同時に菊乃の耳に息を吹き掛け始めた。菊乃の震えがだんだん小刻みなものに変わっていく。菊乃の最後の瞬間が、目の前に近付いてきていた。

ばたんっとドアが開いた。驚いて、源次、佐竹、杏の動きが止まる。

菊乃は床にぐったりと横たわり、荒い息を吐きながら強烈過ぎた快感の余韻に耐えている。

「若頭」

「源次、頼む」

佐竹と杏が、怪訝そうな顔で源次を見る。源次は、予《あらかじ》めそういうこともあると聞かされていたのだろう。惑い無く立ち上がると、上着に袖を通す。

「佐竹、女将さんの縄を解いて、着物を着せてやってくれ。今日はもう、終わりだ」

「源さん」

「頼んだぞ」

事情を問い質《ただ》す暇も無い。源次は鮫島と二人で、さっさと出ていってしまう。

源次はいない。若頭もいない。残された三人は、広いフローリングの部屋の真ん中にぽつんと座っていた。

気が付くと、既に日が落ちかけていた。偏光ガラスで外から中は見えない仕掛けだが、中から外は見える。三人は、沈みかけの夕日の赤い光の中に包まれている。

突然、室内が明るく照らされる。そういう仕組みになっているのだろう、暗くなり始めた部屋に反応して、灯《あか》りが点されたのだ。

再び明るくなると、テラスの広さが身に染みる。閑散とした空間の中に、三人だけがぽつんと取り残されていた。

杏は、おそらく自分の鞄に入れて持ってきたものだろう、少女漫画のコミックスを何冊か積んで、読み耽《ふけ》っている。

佐竹は相変わらず、絵筆を走らせている。今日見たものを、印象が薄れないうちに描き留めておくつもりのようだった。

菊乃は、もう下に降りて旅館の仕事に戻ってもよいのだが、昨日に続く今日の責めの強烈さに、すっかり打ちひしがれていた。今の菊乃に、桃水園を采配する気力は無い。それでこうして、ぼんやりと座っている。

着物の着方、髪の撫で付け方の乱れは朝よりもはなはだしかった。姉さん座りで時々虚ろな視線を投げてくる菊乃には、まるで男を誘っているような凄みのある色気があった。

菊乃がぼんやりと眺めているのは、自分の縛り絵である。それは、今日の調教の様子を佐竹が描き留めたものだった。

昨日の佐竹の絵は情景を忠実に描写したものだった。今日の絵はそれに比べて、より猟奇的な演出がなされている。

縄の蜘蛛の巣に繋ぎ留められた菊乃は、本物の蜘蛛の巣に繋がれていた。菊乃のすぐ横に巨大な蜘蛛が迫っていて、それが菊乃を襲おうとしている。一本の脚を菊乃の股間に突っ込んで、そこを淫らにまさぐっている。菊乃も蜘蛛の悪戯に反応し、身悶えている。

菊乃の顔が赤くなった。縄の蜘蛛糸に搦め取られ、杏に股間を悪戯された時のことを思い出したのである。絵の中の菊乃の反応は、明らかにあの時の菊乃のものだった。

蜘蛛の巣の後ろから菊乃を抱き締めた源次は、西洋の悪魔のような姿で描かれている。股間から巨大なペニスが蛇のように伸びていて、亀頭の部分が女の顔になっていた。杏の顔をしたその亀頭は、舌を出して菊乃の股間を舐め回している。快楽に悶える菊乃が、いく寸前、その瞬間、直後と、時間に沿って丁寧に描き分けられている。

テーブルの上に縛りとめられた菊乃は、女体盛りにされていた。源次や杏が使っていた筆は、箸に置き換えられていた。

菊乃の体の上には刺身や寿司、お頭《かしら》付きの鯛などがいっぱいに盛り付けられている。それを囲んでいるのは人身獣頭の妖怪たちだ。臍の穴に注がれた醬油を付けて刺身を頬張ったり、料理の隙間から覗いた菊乃の乳首を嬲ったりしている。菊乃の陰毛を摘んで眺めているものもいる。

指でいかされる瞬間も、杏と思《おぼ》しき獣人は、菊乃の体の上の料理を貪り喰っていた。

ワカメ酒の場面は前のシーンの続きになっている。菊乃の股間に注がれた酒を、人身獣頭の魔人が舐め取っている。菊乃の両手は縄で縛られているのではなくて、もう一頭の魔人の太い腕で押さえ付けられている。そして、数枚の絵の中には、菊乃の顔の上に別の魔人が跨《また》がり、股間のものを咥えさせているものもある。残りの魔人は、菊乃の乳房や、臍の辺りや、脇腹の辺りを撫でたり擦ったりしている。

そして縄渡りの図。車座になって菊乃を囲んでいる魔人の中を、菊乃が縄渡りを強要されている。菊乃の体には数匹の仔鬼が取り付き、肩に乗って耳の穴を舐めたり、乳房にしがみ付いて乳首を頬張ったりしている。

縄瘤の刺激に耐えかねて菊乃が倒れ込んでしまった時の絵は、菊乃が何匹もの蛇にいたぶられている絵に変わっていた。菊乃の股間に食い込んで蠢いている蛇はあの股縄だ。その他に、菊乃の乳房を締め上げている蛇、乳首を咥えている蛇、肉芽を舌先で舐めている蛇、お尻の穴の中に頭を突っ込もうとしている蛇もいる。とにかく、菊乃の全身に蛇が絡み付いて、菊乃のあちこちを刺激しているのだ。倒れ込んでいる菊乃の周りの空間は、直接菊乃の肌には触れていない無数の蛇で埋められている。

菊乃は溜息を吐いた。佐竹の絵を見ているうちに、さっきまでの昂奮が、じわじわと体に蘇ってくる。疼く股間が、菊乃の理性をまた、痺れさせていく。

「佐竹さん」

喘ぐようなかすれ声で、菊乃が囁く。

「なんです？」

筆を止めて、佐竹が菊乃を見る。

「あなたは私を、縛らないの？」

「え？」

「あなたは縛り絵師なのよねえ？　だったら自分でも、女性を縛ったりなさるんでしょ？」

「それはそうですが、源さんの縄に比べたら僕などは……」

「あれほど熱心に私のところに通ってきていたあなたが、なぜ自分で私のことを縛ろうとなさらないの？」

そして菊乃は佐竹を見詰めた。放心したような弱々しい目付きの奥に、燃えるような情欲の炎を隠して。

佐竹はぞくっと震えた。これまで何度も菊乃に会い、人知れず数え切れないほどの菊乃の絵を描き続けてきた佐竹だったが、菊乃のこんな悩ましい眼を見るのは初めてのことだった。

それはまさに、妖婦の眼差しだった。

「……佐竹さん？」

杏は、菊乃の眼差しに捉えられて視線を外せなくなった佐竹の様子に気付いて、不審そうに声を掛けた。

佐竹はゆっくりと、筆を床に置く。そして乱雑に放置された状態の縄の一束をつかむと、引き込まれるように菊乃に近付いていった。

「佐竹さん、ねえ、佐竹さんったら」

不安そうに杏が佐竹を呼ぶ。杏の目には、佐竹が菊乃に操られているように見えるのだ。魔に魅入《みい》られたようにして菊乃に近付いていく佐竹は、まるで白蛇に誘い寄せられる鼠だった。次の瞬間、白蛇の口がかっと裂け、一瞬にして鼠を呑み込んでしまいそうな、そんな危険な妖気を杏は感じていた。

濡れた眼差しでじっと佐竹を見詰めながら、菊乃は誘うように唇をちろっと舐めた。

「縛って、佐竹さん」

菊乃は再び縄掛けされた。

源次と違って、佐竹は女を着衣のままで縛る。素っ裸の女体よりも、乱れた衣装からこぼれる女の肌に、佐竹は情欲を湧き立たせるタイプだった。

髪が数本、乱れて頰に流れている。胸元は寛がされて、乳房が片方こぼれ出ている。裾も乱れて、足袋を履いた菊乃の脚の白さが艶かしい。

　菊乃はそうして縛られて放置されているだけで情感が高まってくるらしく、痴《し》れ狂った表情で息を乱れさせている。佐竹は菊乃の姿勢を時々変えさせたり、着物を少し乱したり、少し整えたりを繰り返しながら、執《と》り憑《つ》かれたように絵筆を走らせていく。

　佐竹の手で着物の裾を割られ、内股の肌を露にされたりすると、その度に菊乃は恥ずかしそうにああっと悶える。佐竹の緊縛には、激しく責め立てられる源次の縛りとはまた違った情感を掻き立てられるらしかった。

　時々菊乃は、近付いてきた佐竹に接吻をせがむ。乳房を撫でて欲しがったり、股間の熱さを確認してもらいたがったりした。そうして佐竹にいじられる度に、菊乃は身悶え、甘えたように佐竹の胸に頬擦りをしたりするのだった。

　佐竹が離れて絵筆を走らせている間も、菊乃はしっとりと感じている。時々薄目を開けて、佐竹が自分をじっと見詰めていたり、菊乃の肌を撫るように絵筆を走らせていることを確認しては、あっと小さい吐息を漏らした。眉間に切ない皺が寄り、腰がぴくんと後ろに引けた。

　二人の様子を眺めていた杏も、いつしかとろんとした目つきになってくる。

（どうしよう）

　杏は戸惑う。菊乃と佐竹の様子を眺めているうちに、体が燃えてきてしまったのだ。全身が熱くなってきて、息が次第に乱れてくる。

(あたしも縛って欲しい。抱き締めて、キスして欲しい)

杏は一心不乱に絵筆を走らせている佐竹の様子をじっと見詰めていたが、さり気なく背後に回り、手元を覗き込む振りをして佐竹の肩にそっと触れた。

「あっ!」

悲鳴を上げて杏が飛び退く。

虚ろな菊乃の瞳が一瞬、鋭く光ったのだ。それは殺意さえも感じさせる、冷ややかな嫉妬の刃《やいば》だった。

投げ付けられた感情の鋭さに耐えかねて、杏は後ろに後退《あとずさ》った。

絵を描くことに夢中な佐竹は何も気付かない。杏が佐竹の肌に触れてきたことさえも、佐竹は気付いていない。

ただ、菊乃の目に一瞬宿った、冷たい、凍るような鋭い視線だけはしっかりと佐竹の心を捉えた。あっという間に一枚の、縛り付けられながらも鋭い挑戦的な視線を投げる菊乃の絵が描き上がる。

そしてまた、虚ろな表情で身の内の情欲に身悶える菊乃を写生し始めるのだ。

菊乃がさり気無く脚を立てる。乱れた着物の裾の奥の、淫らな場所が微かに覗く。無意識に、佐竹の頭が下がる。菊乃の挑発に乗せられて、裾の奥を覗ける位置に視線が移る。

菊乃は嫣然《えんぜん》として笑う。これほどまでに自分に夢中になっている佐竹が可愛くて仕方がないという笑いだった。そしてそれは、余韻に情欲を滲ませた、淫婦の笑いだった。

そして、うっと息を詰まらせ、腰を引く。開いた脚が、また閉じる。佐竹の視線を注がれていることで、また感じてしまったのだ。

すると佐竹は焦れったそうに菊乃に走り寄り、閉じた両脚をまた、開かせる。佐竹の手で無理矢理脚を開かされた瞬間、菊乃はああっ、と切なそうな声を洩らす。

杏はもう、動けない。菊乃と佐竹の閉じた世界には、もう誰も立ち入ることができないのだという気がした。

下の方からざわめきが起こる。人の悲鳴や叫び声が聞こえてくる。桃水園の本館で、なにかが起こったのだ。

菊乃の顔に緊張が走る。虚ろな表情が消えて、凛とした女将の顔付きが戻ってくる。そうなると、いかに髪がだらしなく乱れていても、着物がしどけなく開《はだ》けていても、菊乃は菊乃だった。

「佐竹さん、縄を」

「あ、ああ」

いつの間にか出来上がった阿吽《あうん》の呼吸である。佐竹は、菊乃の言葉を最後まで聞かなくてもその望む所を察して立ち上がった。

だが、佐竹が菊乃の縄を解く前に、入り口のドアがばんと荒々しく開いた。そこには、両手に抜き身の刀と匕首《あいくち》をぶら下げた男が一人、立っていた。

菊乃は初め、それが誰だか分からなかったが、やがてその面影に思い当たって、あっと声を上げた。

「尚彦！」

尚彦というのは、菊乃の別れた夫の名前である。衣服は汚れ、無精髭の生えかけた姿は以前の洒落者とは見る影も無いが、それは確かに菊乃の別れた夫だった。

男は、縛られた菊乃と佐竹、杏を眺めながら、皮肉そうな引き攣った笑いを浮かべた。

「しばらく会わないうちに、変わった遊びを覚えたようだな」

「あなただったのね。この街に銀星会の組員が集まっていた原因は」

菊乃は腑《ふ》に落ちた。銀星会の組員が奇妙な動きをしていたのはこの男を捕まえるためだった。若頭も源次も、この男が菊乃の元を訪れることを見越して、菊乃の周りを見張っていたのだ。

今朝、若頭の鮫島が居なかったのは、この男の行方《ゆくえ》を捉えたからだった。その後源次が呼び出されたのは、おそらく人手が不足したのと、もう夫の所在を突き止めたことで自分を見張る必要性が消えたからだろう。

だが、どういう手を使ったのか、この男は鮫島も源次もまいて、こうして菊乃のところまで辿り着いてしまった。

かすかにぷんと、ドブ泥の臭いがする。菊乃に思い当たる場所があった。

「ゴミ処理場に逃げたのね」

そこは、ゴミを集めて埋め立てをしている一角である。その入り口近くに、プレハブ造りの小さな事務所がある。見通しのよい場所にぽつんと建っている建物は、外から見ると逃げ場の無い袋小路だ。

だが、土地の者なら誰でも知っていることだが、そのプレハブはマンホールの上に建てられている。そこから洩れる異臭が堪らないとの職員の陳情が通り、近々事務所の位置を移すことになっていた。

どうやら男は、あの事務所に追い詰められたのだ。そこでマンホールを見つけた男は、そこから逃げて桃水園に辿り着いた。今頃鮫島も源次も、他の組員たちも、もぬけの殻の事務所を包囲していることだろう。

菊乃は唇を噛み締めた。鮫島も源次も、なぜ自分に相談してくれなかったのだろう。自分が昔の情に絆《ほだ》されて、男を逃がすとでも思ったのだろうか。もし相談していれば、こんな形で男に出し抜かれることも無かっただろうに。

男は片手に抜き身の日本刀、片手に匕首を持って、じりじりと菊乃に近づいてくる。

「私を、殺すの？」

「俺は、もう終わりだ」

いかにも逃げ疲れた様子の男は、血走った目をしてそう呟いた。

「菊乃、俺と死んでくれ」

「なんで私が、あなたの巻き添えを食わなければならないの？　私たち、もう夫婦でもなんでもないのよ」

「お前は、そういう冷たい女だ」

男の顔に荒《すさ》んだ影が過《よ》ぎる。今、この男を刺激するのは得策ではないと思い立ち、菊乃は黙る。

「だが、俺はずっと、お前のことを思っていた。お前が俺を忘れていても、俺がお前を忘れることは無かった」

そして男は、日本刀を持つ手に力を込めた。

「この街に来たのも、お前と二人で死ぬためだ」

菊乃は、身を捩りながら立ち上がった。今にも斬りかかってきそうな男から逃げるためだ。男は菊乃の後を追う。

「うわあっ！」

突然、佐竹が男に襲い掛かっていった。佐竹がいつも持ち歩いている写生用の三脚を刀のようにして、男の方に振り回していった。

「やめて、佐竹さん！　危ない！」

腐っても相手はプロの極道である。佐竹の敵《かな》う相手ではない。

果たして男は、不意を衝かれた第一撃を肩に受けたものの、体当たりで佐竹を弾き飛ばし、その背中に日本刀の一撃を与えた。佐竹の背中からぱっと血しぶきが飛ぶ。杏と菊乃の悲鳴が、同時に起こった。

「邪魔をするな、この変態野郎！」

倒れ込んだ佐竹の太腿を、男が日本刀で突き刺す。刀は佐竹の右太腿を綺麗に貫通し、フローリングの床に突き刺さった。

「うわああ！」

背中と太腿の焼け付くような痛みに、佐竹の体が痙攣する。虫のように床に刺し止められた体は身動《みじろ》ぎさえできず、ただ身を震わせているばかりだった。

「佐竹さん！」

思わず菊乃が叫ぶ。だが、その声に反応したのは元夫の方だった。

「菊乃。こいつの前で、お前の男の目の前で、お前を殺してやる」

どうやら男は、佐竹を菊乃の情夫と勘違いしているらしかった。

男は、佐竹の脚を貫いた日本刀を抜き取ろうとするが、しっかり床に食い込んだ刀はなかなか抜けない。刀身を揺する度に、佐竹は悲痛な叫び声を上げる。

「あっ！」

菊乃が男の体に体当たりを食わせる。満身の力を込めた体当たりに、男は吹っ飛んだ。

「杏さん！　逃げるのよ！」

言われて杏は、意味不明の叫びを上げながら出口に走る。菊乃も敏捷《びんしょう》に走り出した。

「待て！　ふざけやがって！」

男が菊乃の着物の裾をつかむ。両手の使えない菊乃は、そのままどうと床に倒れ込んだ。

「死ね！　菊乃！」

日本刀を諦めた男は、匕首の方を菊乃に振りかざした。辛うじて身を翻《ひるがえ》し、菊乃が逃げる。

だが、着物の裾は相変わらず男に握られたままだ。菊乃は再び、床に引き倒された。

「菊乃、死ね！　あっ！」

圧し掛かってくる男の体を、菊乃は足で蹴り倒した。男はどうと引っ繰り返る。体勢を崩した男は、思わず裾をつかんでいた手を離す。

菊乃は再び身を捻《ひね》って立ち上がった。男も弾けるように立ち上がる。

後ろ手縛りに縛られた菊乃と、匕首を構えた男が睨み合う。男の後ろには杏が開け放ったままの出口が口を開けている。そこから飛び出せれば、逃げ切れるかもしれない。

再び襲い掛かってきた男の刃を潜《くぐ》り抜け、菊乃が体当たりをする。男がよろけた隙に菊乃は、一気に出口まで走ろうとした。

「あっ！」

逃げる菊乃に追いすがった男は、菊乃の襟首をむんずと摑み、菊乃の鳩尾を思い切り蹴り上げた。ぐっと菊乃の息が詰まり、その場に蹲《うずくま》ってしまう。

菊乃は男に組み敷かれた。鳩尾を蹴られた衝撃で、菊乃はすっかり抵抗する気力を失っている。

「お願い、殺さないで」

苦痛に顔を歪ませながら、菊乃が哀願する。だが、男の目は既に狂気に囚《とら》われていた。

「菊乃、お前を一人にはさせない。俺も、一緒だ」

言うと、男は匕首を振りかざした。菊乃は観念して、目を閉じた。

その時、何かが男にぶつかっていった。さあっと熱いものが菊乃の体に降り注いでくる。

それは、佐竹の血だった。

菊乃と男が揉み合っている間に、佐竹は日本刀を床から引き抜き、そして太腿に刀を付けたまま、男の振りかざす匕首の前に身を投げ出してきたのだった。最後の一撃は佐竹の動脈に傷を付けたらしい。血は噴水のように噴き出し、男と菊乃の体に降り注いだ。

「いややああ！」

菊乃は悲鳴を上げる。今度こそ佐竹は、ぐったりとして動かなくなった。

「佐竹さぁん！」

菊乃はなんとか佐竹に縋り付こうとするのだが、上半身は縛られたままだし、下半身は馬乗りになった男に押さえ込まれて身動きが取れない。

「ぐあああっ！」

菊乃の上で、男は両手で顔を塞ぎ、悲鳴を上げた。

「目が、目が見えない！」

佐竹の返り血が男の両目を塞いだのだ。得物《えもの》も、日本刀と匕首、二つながらに佐竹の体に突き刺さり、今は男も丸腰の状態だった。

たんっと音がする。男の胸に小さな穴があいた。

「う、うわあっ！」

続けて、たんったんったんったんっと、五発の銃声がした。その度に男の体が踊り、やがて床にどうとひっくり返った。

一様に銃を構えた男たちが、ばらばらと走り込んでくる。先頭に立って駆け込んできたのは、鮫島だった。

「女将！　大丈夫か？」

鮫島は菊乃を抱き起こし、縄を解いてやりながら、気遣いの言葉を掛ける。一気に緊張が解けたのだろう、菊乃はわっと泣き出し、そして鮫島の胸に縋った。

「若頭、佐竹さんが、佐竹さんが」

「佐竹？　佐竹がどうかしたのか！」

そして鮫島はようやく、蒼ざめた顔をしてぐったりと倒れている佐竹に気が付いた。

その場にいた誰もが、凍り付いた。流れている血の量の夥《おびただ》しさ、そして既に白蠟色に変わり始めている顔色に、誰もが佐竹の死を思った。

「佐竹ぇ！」

最初に沈黙を破ったのは源次だった。転がるようにして佐竹の体にしがみつき、頬を平手打ちにする。

「佐竹！　佐竹ぇ！　しっかりしろ！」

源次は佐竹の体を抱えて揺さぶり、大声で叫ぶ。源次の顔は情けなく歪み、今にも泣き出しそうに見えた。日頃の源次らしからぬ、なりふり構わぬ狼狽え方だった。

「源次！　退《の》け！」

突き飛ばすように源次を退かせると、鮫島は日本刀が脚に刺さったままの佐竹を背中に負《おぶ》った。

「俺の車で、医者に連れて行く！」

叫んだ鮫島の様子も尋常ではない。見ると、鮫島の目にはもう涙が滲んでいた。日頃から感情の起伏の激しい鮫島は、こういう場合の感情表現もストレートだ。

「待って、私も、私も」

乱れた着物を必死で整えながら、菊乃が叫んだ。

「お前は残れ！　足手纏いだ！」

「だって、だって若頭、佐竹さんは、私を助けるために」

「杏！　女将を頼む！」

佐竹を負った鮫島を先頭に、源次や組員たちが外に飛び出していく。慌てて菊乃も後を追おうとする。その菊乃の体を誰かが抱き留めた。杏だった。

「女将さん、任せようよ。若頭も源次さんも居るから、きっと大丈夫だよ」

「離して、杏ちゃん！　私を行かせて！」

「女将さんは旅館を見てなくちゃ。だから、女将さんはここに居なければいけないの」

「それは、それはそうなんだけれど」

菊乃は、そのままその場にへたり込んでしまった。

「でも、佐竹さんが」

菊乃の目から、大粒の涙がぼろぼろとこぼれ落ちる。

「さ、佐竹さんが」

「あああんっ！」

つられて杏も、号泣し始めた。菊乃の涙が一瞬止まってしまう程の、身も世も無い泣き方だった。

桃水園に足を踏み入れてからずっと、年にそぐわないひねくれ者だった。年にそぐわない淫乱娘だった。そして年にそぐわない残忍な女狐だった。

だが、泣き顔は年相応に幼く、可愛らしい。きっと、根は素直で優しい娘なのだ。

菊乃は杏を、抱き締めた。いや、杏に抱き付いた。

「杏ちゃん、祈って。私と一緒に、佐竹さんの無事を祈って」

「ああああん！　死なないで！　佐竹さん、死なないでぇ！」

杏の叫びに、菊乃の肩が小刻みに揺れ始める。抑えようとしても、嗚咽《おえつ》が込み上げてくる。

「ごめんなさい、佐竹さん。ごめんなさい」

佐竹は、自分の身代わりになったのだ。もし、自分のような女に出会ってさえいなければ、佐竹はこんな目に遭わずに済んだだろうに。そう思うと、菊乃は胸が締め付けられた。

菊乃の目に、またぽろぽろと涙が溢れてくる。

「ご、ごめんなさい」

そして菊乃は、杏にぎゅっと抱き付いていく。杏も、菊乃を抱き締める。

「死んでは、いや。お願いだから、佐竹さん、し、死なないでぇ！」

「ああああん！　佐竹さあん！」

血溜まりの中に座り込んだまま、菊乃と杏はいつまでも泣きじゃくっていた。

「女将さん。大丈夫ですか、女将さん」

心配して外から声を掛けてくる番頭の声にも応えず、二人はいつまでも泣き続けていた。

七

襖を開けて、菊乃が自分の部屋に戻ってくる。

外では、今日も千客万来の桃水園の喧噪《けんそう》がにぎやかだ。お客様を案内して廊下を渡っていく仲居の声。料理を運んでいく女たちの足音。襖の外は、活気で溢れていた。

だが、襖を閉ざしたとたん、菊乃の心は外の喧噪から遮断されてしまう。

「うっ」

また、涙がこぼれる。あの悪夢のような事件から、もう十日以上も経つのに、菊乃はまだ、あの日の衝撃から立ち直れずにいた。

襖の外で菊乃は、以前と変わらぬ気丈な女将を演じ続けている。その反動だろう、この部屋に戻ってくると、菊乃はいつも、訳も無く泣いてしまう。

なんのための涙かは分からない。とにかくもう訳も無く、この部屋の中での菊乃はだらしない泣き虫なのだった。

「やはり、辞めよう」

あの事件以来、ずっと考えていたことだ。菊乃は、この桃水園から出て行こうと決めていた。

物心付いてから、ずっと仲居をしていた。その力を認められて女将になった。旅館の仕事は、菊乃の人生そのものと言っていい。

だが、今の菊乃の神経は、女将の激務に耐えられる強さを失っていた。何もかも投げ出して逃げ出してしまいたい心に、菊乃は必死で耐えている。

「もう、限界だわ。もう、耐えられない」

そしてまた、菊乃は泣き出した。肩を震わせて、それでも外に洩れないように必死で声を殺して、菊乃はめそめそと泣き続けた。

「女将さん」

外から番頭の中西の声がする。菊乃の涙がぴたっと止まる。

「なに？」

声が少し、鼻声になるのは仕方が無い。ほんの一瞬で若女将菊乃の顔に戻れるというのは、ある意味で悲しい習性だった。

「会長様から、お電話が」

「会長から？」

会長直々《じきじき》に菊乃に連絡が入ることなど、これまで一度も無かった。一体何事だろうと、菊乃は立ち上がる。中西も慌てて、後に続いた。

「はい。菊乃でございます。ご無沙汰いたしております。はい。ええ、それはもう。はい。はい」

電話を切ると、中西はまだそばにいて、心配そうに菊乃の表情を覗き込んでいた。菊乃は、中西の不安を掻き消そうとするように笑顔を浮かべる。

「なにか、急な集まりをこの街で開くことになったみたいで、私も参加しないといけないみたい。明日なんだけれど、ちょっと行ってくるわね」

「私も、お供いたします」

「番頭さんは残ってちょうだい。私の居ない間のことを頼みたいから」

「いえ、私も、お供いたします」

中西の口調の意外な強さに、菊乃は驚く。口調だけではない。表情も、切羽詰まった真剣なものになっている。

心配してくれているんだと、菊乃は思う。自分では精一杯、ごまかし続けているつもりだが、中西には、今の菊乃の不安定な精神状態を読まれているらしい。

だから、今の菊乃を一人にできないのだ。

った。

「分かったわ。悪いけれども、明日、私に付き合ってもらおうかしら」

もう一度、菊乃は中西に笑顔を向けた。それでも、中西の不安そうな顔付きは変わらなかった。


ベンツやロールス・ロイスなど、やくざ好みの外車が次々に乗り付けられてくる。そこは桃水園と同じ温泉町にあるストリップ劇場である。実はこの小屋も、銀星会の傘下にある。入り口前の駐車スペースに停車した一台の車から、菊乃と中西が降りてくる。自ら駐車場整理をしていた若頭の鮫島が、菊乃に近付いてくる。

「やあ、女将。この間は済まなかったな」

「若頭、お久しぶりです」

さり気無さを装いながら、菊乃の顔に緊張が走る。やはり、鮫島と会うとあの時のことを思い出してしまう。

そんな菊乃の様子に、鮫島は気付かぬふりをしている。

「今日は一体何の集まりなんです？　会長直々のお誘いなんで、びっくりしましたよ」

「まあ、すぐに分かるさ。うちの若い者が案内するんで、中に入ってくれ。あ、番頭さん、あんたにはちょっと手伝って欲しいことがあるんだ」

「へえ。なんでございましょう」

「じゃあ、私は、先に入っているからね」

「へえ、すぐに後から参ります」

「あ、女将。ちょっと待った」

「え？　なんです？」

「会場の中では、これを被っておいてくれ」

そして菊乃は頭巾を手渡された。目の所だけが開いていて、頭からすっぽり被るようになっている。アメリカのＫＫＫの団員が被っているような、三角頭巾だった。

菊乃が中に入ると、いつもは空席が目立つ小屋の中が、今日は満席になっている。三角頭巾で顔を隠した男女がこれだけの人数集まると、さすがに異様だった。

迫り出し舞台の正面の一番良い席に、一人だけ頭巾を被っていない人物が居る。銀星会の会長、小島佐平だった。和服姿に紋付き羽織袴《はおりはかま》の姿が、さすがに絵になっている。もう六十を越えているはずだが、体には贅肉一つ付いていない。苦虫を嚙み潰したような渋い顔付きをしているが、それは、笑うと童顔なので、威厳を保つために無理にそうしているのだと、菊乃は会長自身から聞いたことがある。

新しく入ってくる客は、みんな、会長の前まで挨拶に行ってから席に着く。菊乃も、案内の組員を待たせて会長に近付いていった。

「会長、お久し振りでございます。桃水園の菊乃でございます」

会長の視線が菊乃に向けられ、そして会長はちょっと目を細めてみせた。一瞬、会長の視線が着物の奥の乳房を撫で回すのを感じたが、菊乃は気付かぬ振りをした。

「おう、女将か。元気そうだな」

「会長もお元気そうで。急のお誘いだったんですが、これは一体どんな集まりなんでしょう」

「すぐに分かる。楽しんでいってくれ」

そう言っている間に、別の挨拶客がやってきた。会長はそちらにも挨拶を返す。

「あの、会長」

「ん？　なんだ、まだ何か用事があるのか？」

「はい」

菊乃はこの機会に、会長に伝えるつもりなのだ。桃水園の女将を、引退するつもりであることを。

「なんだ。言ってみろ」

「いえ、今は。後で、少しだけお時間をいただけませんでしょうか」

「分かった。終わったらもう一度、顔を見せろ」

「はい。ありがとうございます」

そして菊乃はその場を離れた。後ろ姿の菊乃を見送りながら、会長の目がまた細くなった。

今度は、菊乃のお尻の辺りに目がいっているようだった。


組員に指定された席を見ると、既に両側の席は埋まっている。

「ねえ、後からもう一人、連れが来るんですけど」

「連れの方には、色々とお手伝いしていただくことがありますので」

「そう」

なにか、納得できない感じもするが、銀星会の催しでトラブルを起こす訳にもいかない。

菊乃は素直に、組員の指示に従った。

たくさんの人が会場を埋めているにも拘わらず、建物の中はしんとしていた。会長に挨拶をする者の声だけが微かに聞こえてくるだけで、後は水を打ったように静まり返っている。

会場を埋め尽くした黒頭巾。そして静寂。それは異様な光景であった。これから始まることが尋常でないことは、容易に想像が付く。

実は、菊乃の胸の奥には、微かな不安があった。その不安を掻き消すように、菊乃は背筋をぴんと伸ばして座っていたが、不安の影は増してくるばかりだった。

そして、菊乃の不安は当たっていた。今日の催しは、菊乃のための集まりなのだった。

開場の合図のベルが鳴る。場内の照明が落ちて、舞台の上に一本、ピン・スポットが落ちる。小屋の座長が、風采の上がらぬなりに精一杯めかし込んで、光の輪の中に立った。

「皆さん、今日はお忙しい中、よくおいで下さいました。特に会長、こんな田舎町のおんぼろ小屋に、よく足を運んで下さいました」

一斉に拍手が沸き起こる。面倒そうに、会長が片手を上げて拍手に応える。

「酒や食事は、後でお手元にお配りしますので、どうぞごゆるりとお楽しみ下さい。それでは、始めさせていただきます」

座長がぺこりと頭を下げ、舞台のスポットが消える。場内が真っ暗になって、何も見えなくなる。

その、次の瞬間である。

カッ！

「あっ！」

突然、強烈なライトに照らされて、菊乃の目が眩《くら》んだ。それは、スポットライトなどという生易《なまやさ》しいものではない。軍人が前線で使う、サーチライトのような強烈な光だった。しかも、ライトは一つではない。前後左右から、菊乃一人に照準を合わせて強烈な光が一箇所に結ばれていた。どちらの方向を見ても、菊乃には光しか目に入らなかった。

ただ、光の奥にいる観客の目が、菊乃一人に集まっていることだけは分かる。菊乃の頭は混乱して、なにがなんだか分からなくなった。

「皆様ご存じ、桃水園の美貌の若女将、菊乃さんの登場です。皆様、熱い拍手でお迎え下さい」

思わず、あっと叫ぶ。やはり今回の集まりは、菊乃がいたぶられるのを鑑賞するためのものだった。この会場に集まった観客は、菊乃が責められる様を見に集まってきていたのだ。

拍手の音が一段と高くなる。会場中の視線が自分に注がれていることを痛いほど感じる。逃げなければいけないと思うのだが、足が竦んで動けない。走り出そうにも、光で目の眩んだ菊乃には、出口の方角さえ定かでない。

「あ、いや！　離して！」

菊乃の両側に座っていた屈強な男二人が菊乃の腕を取り、そのまま舞台に連れて行こうとする。必死で振り解こうとするのだが、男たちは菊乃の腕をしっかり捉えて離さない。頭巾を剝がされ、菊乃の顔が衆目に晒された時、会場がどっと沸いた。

（終わってなかったんだわ）

元亭主の起こした騒動で、源次や若頭鮫島の提案したゲームは中断されたものとばかり思っていた。だが、それはただ、少し日延べされただけだったのだ。賭けに負けた菊乃は、今日、この衆人環視の中で、負けた賭けの罰ゲームを受けさせられることになるのだ。

（こんなにたくさんの人の目の前で、辱めを受ける）

そう考えただけで、目眩《めまい》がした。混乱し切って痺れてしまった頭の中を、あの悪夢のような二日間、菊乃が受けた数々の責めが閃光《せんこう》のように浮かんでは消える。

（あんな恥ずかしい責めを、こんなにたくさんの人の前で受けさせられる。浅ましく乱れ、よがる姿をみんなに見られてしまう）

男たちの腕が菊乃を引き摺っていく。菊乃は操り人形のように、男たちの誘導されるがままになっている。三人の移動に合わせて、サーチライトもゆっくりと移動していく。相変わらず菊乃の目には、暴力的な強烈な光しか見えていない。

光の奥の暗闇の中から、女将、がんばれよとか、楽しませてくれよとかの声が掛かる。長年、女将を務めてきた人間の職業的技能の悲しさ、菊乃は、その声の持ち主の一人一人の名前や顔を思い浮かべることができる。どうやら、この会場を埋め尽くしている観客は一人残らず、菊乃の顔見知り、桃水園の常連客たちらしかった。

顔見知りばかりの中で、裸に剝かれる。顔見知りばかりの中で、責められ、淫らな姿を晒される。その恥ずかしさは筆舌に尽くしがたい。おまけにこの先、淫乱な自分の姿を襞の奥一枚一枚まで見届けられた客を、今後も桃水園に迎え、何喰わぬ顔で接客しなければならない。菊乃は、そんなことに自分の神経が耐えられるかどうか、自信が無かった。

その実、菊乃は濡れていた。みんなに恥ずかしい自分を見られることの快感が、菊乃の体の奥の方で早くも燃え始めていた。

（い、いやらしい。私は、なんていやらしい）

そんな自分を必死で抑えようとする菊乃だったが、すでに吐息は熱く乱れ、気が付くと菊乃は、肩で息をしていた。

二人の男に助けられて、菊乃は舞台に続く階段を上る。舞台の上には、褌一丁であとは裸の筋肉質の男が居た。

「ああっ！」

菊乃の声が震え、表情に怯えが走る。それは、源次だった。思わず菊乃は後ろに下がろうとするが、逆に男たちに前に押し出される。

源次はちょっと口元で笑ってみせた。そして菊乃を抱き寄せた。

「あっ！」

強く抱き締められて、息が詰まる。唇を塞がれて、目を閉じる。また、会場がどっと沸いた。

（み、見られている。恥ずかしい）

たかがキスだが、こんな形でスポットライトを浴び、みんなが注目されている中では、ただ唇を奪われただけで頭の中が真っ白になるくらいに恥ずかしい。なんとか藻掻《もが》いて逃れようとするのだが、菊乃を抱き締める源次の力は強くて身動きさえ取れない。菊乃は諦めて力を抜き、源次に身を任せた。二人に注がれているであろう、会場の視線が痛かった。

それは長いくちづけだった。早く許してと心で願う菊乃をわざといたぶるように、源次はいつまでも菊乃の口を吸っていた。ようやく解放された時、菊乃は自分が無意識に、源次の背中に腕を回していたことに気が付き、狼狽えた。

源次は、菊乃の足元に跪く。そして菊乃の右足と左足を別々の縄で縛った。

菊乃はされるがままになっている。あの二日間の調教で、菊乃は源次に逆らうことができなくなっていた。

「あっ！」

菊乃の両足を縛り終えた源次が、菊乃をお姫様だっこで抱き上げる。次に何が起こるか、予想できない菊乃は、小さく身を震わせた。

「一体、一体なにが始まるの？」

「ショーですよ、女将さん」

源次が菊乃の耳元で囁く。

「女将さんのための、ショーの始まりだ」

「ああっ！」

からからと滑車が回る音がして、菊乃の両脚が上に引っ張り上げられた。さっき菊乃を誘導してきた男二人が、菊乃の足の縄を引いているらしい。源次に抱え上げられた状態のまま、菊乃の両脚がV字に吊り上げられた。

「い、いやあっ！」

続いて、菊乃の上半身がすうっと沈んだ。源次の腕が、菊乃の体の下から引き抜かれる。慌てて、菊乃は両腕を突っ張る。辛うじて床に突いた両手で体重を支えると、菊乃の体は完全倒立の状態になる。

「あ、ああっ！」

二人の男は、さらに一引き、縄を引き上げた。菊乃の両手が床から離れ、菊乃は宙吊りの状態になった。

源次が菊乃の帯を解く。しゅっしゅっしゅっしゅっと音がして帯が解かれると、支えを失った着物は花びらのようにふわっと開いた。そしてゆっくり床に落ちていった。

菊乃は慌てて両手を振り、手首にまとわりついて残った着物を払い落とした。不安定な逆さ吊りの状態で、せめて両手を自由な状態にしておきたいという防衛本能から来る行動だった。

ふわっふわっ、一枚、また一枚と、着物の花びらが開いていく。それは幻想的な、実に美しい風景だった。

最後の花びらが、菊乃の腰から外れ、床に落ちた時、菊乃は足に足袋を残しただけの素っ裸に剝かれていた。菊乃が宙吊りにされてから僅か数十秒の早業《はやわざ》である。光の向こうの客席から、感嘆の拍手が聞こえてくる。

「あっいや、いやあ！」

宙吊りのまま、源次は菊乃の腕を背中に回させる。逆さまの姿勢のまま、菊乃は高手小手に縛り上げられる。

菊乃の恐怖感がさらに増した。もし今、ステージに転落したら、菊乃には受け身を取る腕の自由が無い。

次に源次は、背中の縄目にさらに一本、縄を継ぎ足した。そして、

「ああっ！　あ、あああっ！」

菊乃の乳房の上辺りに手を当てると、背中の方向に菊乃の上半身を、一気に持ち上げた。

菊乃の上半身は、高いところで床に対して水平に吊られた状態になる。

源次の手が離れても、菊乃の体はそのままに保たれている。両足の縄に加えて、背中に継がれた縄で吊り上げられたのだ。体重を分散させるためだろう、太腿にも一本ずつ縄が足され、吊り上げられる。

「お、お願い、もうやめて。もう、許して」

源次は応えない。黙々と、菊乃の体に縄を足していく。

「ね、ねえ、恥ずかしい。とても、恥ずかしいの」

縄で裂かれた股を閉じることができない。後ろに位置する客席からは、菊乃の一番恥ずかしい場所が丸見えになっているはずだ。

いや、後ろの席だけではない。これだけ高い位置に吊るされれば、会場のどの座席に座っていようとも、縄の隙間から迫り出している菊乃の乳房や、股間の恥毛が丸見えになっているはずなのだ。

「さあ、ご覧下さい！　この場に集まっている誰もが憧れ、そして誰も目にすることができずにいた、桃水園若女将の美しい裸体を！　その、目も醒めるような緊縛美を！」

会場のどこかのマイクから、観客を煽る座長の声が頻りに響いてくる。光の向こうのざわめきは次第に高まっていき、野卑な言葉で菊乃をからかう声も聞こえてくる。

(ああ、恥ずかしい。恥ずかしい)

衆人環視の中で素っ裸に剝かれ、隠すこともできない体の隅々までも眺め回される。菊乃は、狂おしいほどの恥ずかしさに身悶えした。

だが、その恥ずかしさの中、菊乃は体が熱くなってくるのを感じて、戸惑っている。恥ずかしい場所の全てを男たちの視線に晒されながら、腰の辺りに疼いてくる官能に、菊乃は思わず身をくねらせる。

そんな菊乃を見て、源次が耳元で囁く。

「女将さん、あっしは一目で見抜いていましたよ。あんたの体の被虐性にね」

「お、お願い。もう、駄目」

「そしてもう一つ、あんたの体に、露出狂の性癖が潜んでいることもだ。あっしには、一目で分かった」

そして源次は、菊乃の体をゆっくりと回し始める。

菊乃の股座《またぐら》が、風見鶏のように、三六〇度、ゆっくりと回る。その動きに合わせて、つまり、菊乃の股間が向けられた方向の客席から、どっとどよめきが起こり、そして静まっていく。

「あ、ああ、恥ずかしい。ああ、お願い。いっそ、いっそ殺して」

いかにも耐え難いという様子で、菊乃が哀願する。だが、その言葉とは裏腹に、菊乃の股間は一層熱く燃え盛り、腰を踊らせるのだった。

菊乃の女陰が会場をざっと三回転した時、源次は手を離す。

「ああっ！　あああああっ！」

捩れた縄が戻っていく力で、菊乃の体が逆回転する。支える腕も無い不安定な状態で、しかも回転の加速は思いの他、速い。菊乃の股間は三回転を越えて逆回転し、そしてまた戻ってくる。菊乃のお尻の肉がぷるぷると揺れる。

「ああっ、ああっ」

動きが止まっても、菊乃の喘ぎは止まらない。

怖かった。恥ずかしかった。そして、縄の力で振り回される浮遊感は、何とも言えずいやらしかった。その一瞬、目眩く官能の波に呑まれ、菊乃の頭の中は真っ白になった。

「女将さん、見えますか」

「やめて。もう、許して」

「下ですよ、女将さん。下を見てみなせえ」

言われて菊乃は、ぼんやりと目を開ける。菊乃の目が、驚きで大きく見開かれる。迫り出し舞台の床が降りて、奈落が見える。その奈落の下から菊乃の裸体を見詰めているのは、車椅子に乗った佐竹だった。

菊乃が身悶える。縄を振り解いて佐竹の上に落ちていこうとするように、激しい体の揺り方だった。

「さ、佐竹さん！　佐竹さん！」

「悪運の強い奴でさ。あれだけの傷を受けて、出血の量も半端じゃなかった。どう考えても助からない状態だったのに、命を取り留めやがった」

そして、菊乃の耳元で囁いた。

「女将さんに会いたさの、虚仮《こけ》の一念って奴でさ」

菊乃の目から、大粒の涙がぼろぼろとこぼれ落ちる。

「よかった。生きていた。佐竹さん、本当に、よかった」

瀕死《ひんし》の佐竹を連れ出して以来、鮫島も源次も、菊乃に一本の連絡も入れてこなかった。佐竹が死んでいるのか、助かったのか、そのことさえも全く知らされずじまいだった。寝ても覚めても、気掛かりなのは佐竹の安否だった。だが、自分からは訊《き》けない。訊けば悪い報《しら》せが返ってきそうで、連絡を取る勇気が無かった。

実際、菊乃は内心、佐竹は死んでいると思い込んでいた。もし助かっていれば、鮫島も源次も自分に報せてくれないはずは無いと思っていたから。

だが、佐竹は生きていた。こうして、元気に動き回れるまでに回復していた。菊乃はきっと怖い目付きになって、源次を睨んだ。

「酷いわ。佐竹さんが助かっていたことを私に教えてくれなかったのね」

「あっしみてえな仕事をしてるとね。つい、ご婦人に意地悪なやり方に頭がいくものなんで。でもまあ、佐竹と女将さんの再会の仕方としちゃあ、こういうのが一番ふさわしいんじゃねえですか？」

菊乃はもう一度、拗ねたような目で源次を睨む。それから、佐竹の方に顔を向け直すと、佐竹の様子に思わず笑ってしまった。

佐竹は膝にスケッチブックを載せて、どうやら菊乃の絵を描いているようだった。生死の境を彷徨《さまよ》い、脚の傷のせいでまだ歩くことさえできない状態でも、佐竹は相変わらず、菊乃の縛り絵を描き続けていたいのだ。

菊乃の目からまた、涙が溢れる。今度の涙は、それほどまでに自分に惚れてくれている、佐竹という男の愛《いとお》しさ故の涙だった。

「佐竹さん、本当に、あなたって人は」

菊乃は静かに目を閉じて、恥ずかしげに横を向いた。それはあの二日の間に、菊乃が何度も無意識に取った屈服のポーズだった。今日菊乃はそのポーズを佐竹に対して、さあ、描きたければいくらでも描いてちょうだいという意思表示のつもりで取ってみせた。

(お描きなさい。そんなに私が描きたければ、いくらでも描けばいいわ。それが、死なずにこうして私のところに戻ってきてくれたことへの、私からのご褒美です)

突然、菊乃の体がぐるっと反転した。源次は菊乃の体を逆に向けると、上半身をぐうっと抱き上げた。菊乃の体が斜めに傾く。お尻の方だけが、下にすとんと落ちた姿勢になる。

「い、いやあっ!」

菊乃は、源次が何をしたのか気が付き、思わず悲鳴を上げた。源次は、菊乃の女陰をまっすぐ、佐竹の方に向けたのだ。剝き出しにされた菊乃の恥ずかしい場所は今、佐竹の目の前に突き出されている。そして佐竹もまた、菊乃のその場所を瞬《まばた》きもせずにじっと見詰め、スケッチブックに描き留めようとしているに違い無い。

「や、やめて。駄目です。源次さん、だ、駄目え!」

「なぜだい、女将さん? せっかく一命を取り留めて戻ってきた佐竹なんだ。この程度の快気祝いは、してやってもいいじゃねえか」

「だって、だっておかしくなる」

「そうかい。おかしくなるのかい」

「あ、ああ。見ないで。佐竹さん、見ちゃいや」

「佐竹に見られると、おかしくなるのかい？　佐竹にあそこをじいっと見られていると、女将さんは変になっちまうのかい？　どうなんだい女将さん。教えてくれよ」

「ああっ、ああっ」

菊乃の体を支えている源次の腕の中で、菊乃の腰ががくがくと震え始める。全身に力が入って、腹筋の辺りまで痙攣が始まっているのが、源次の体に伝わってくる。

「どうしたい、女将さん。そんなに体を震わせて。そんなにいやらしく腰を動かして。やめなよ、女将さん。佐竹が見てるんだぜ」

「い、いやあっ」

菊乃の腰の動きが一層、激しくなる。止めようと思っても、もう菊乃の意思では止められなかった。

「お、おかしい。な、なんだか、い、いきそう」

なんということだろう。今日の菊乃は、愛撫と言えるような愛撫は全く受けていない。ただ、縛られて、吊るされて、佐竹の前に股間を晒されているだけなのだ。

だが、佐竹に見られているそのことだけで、佐竹の絵筆で写生されているというそのことだけで、菊乃は本当に絶頂寸前まで追い詰められていた。悩ましい感覚で膣の中は濡れそぼち、勃起して腫れ上がったクリトリスはズキズキと疼いた。

「お願い、もう、手を離して。このままだと私、本当に」

「本当に、なんだい?」

「ああ、もう」

「聞いたか、佐竹。女将はお前に見られて、嬉し過ぎて震えがくるんだそうだ」

「ああ、お願い、そんなことを言わないで」

「佐竹、ついでに」

源次の両手が菊乃のお尻の肉の辺りに移り、それを両側から押し開く。

「ほら、お尻の穴も描いてやりな」

「い、いやあああっ!」

菊乃のお尻の穴が、きゅっと窄まる。その瞬間、菊乃の背骨に痺れるような電気が走る。がくがくと全身を震わせ、そして全身の力が抜ける。菊乃は源次の腕の中で、ぐったりとしてしまった。

「女将さん、本当にいっちまったのかい」

「……言わないで」

「驚いたね、女将さん、ろくにお触りもしてもらってないのに、もう、いっちまったのかい」

「は、恥ずかしい」

源次の肩の辺りで、菊乃の頭がいやいやをする。

「本当に、恥ずかしい」

言いながら、菊乃の腰の辺りがまた、もじもじと動き始める。源次の言葉嬲りと、今も股間に感じ続ける佐竹の視線の熱さで、菊乃はまた、昂奮し始めてきたようだった。

八

菊乃は、相変わらず、吊るされている。だが、吊り方は変化していた。観客席をどっと沸かせたのだが、源次は菊乃を床に降ろすこと無く、菊乃の下半身の縛めだけを解いて、次の吊り姿勢に変化させてみせた。

さっきは、お腹が下向きで、膝から下が上に畳まれた状態で、床に平行に吊るされていた。今度は体が縦になって、脚は胸の前で胡座縛りに固定されている。お尻がすとんと下に落ちて、陰部は体の前でぱっくり口を開けた状態だ。

その状態の菊乃の背中に寄り添い、源次は菊乃の体をゆっくりと回していく。まるで自分の絵画作品を、会場の観客に見せて回るように、菊乃の股間をゆっくりと、みんなに見えるように回転させていく。

菊乃はぐったりと動かない。縄酔いと露出の快感で、菊乃はすでに恍惚とした夢心地の中にいた。全身、官能の汗でぬめぬめと光り、時々、腹の辺りの筋肉を痙攣させながら、菊乃の意識は桃源郷の中を彷徨っていた。

「お、女将さん」

光の向こうの客席から、番頭の中西の声がする。思わず我に帰った菊乃は、客席に中西の姿を捜そうとする。

だが、強烈なサーチライトの光のせいで、やはり会場は見えなかった。やがて菊乃は、疼く股間のざわめきに負けて、意識を朦朧とさせていく。

（ああ、こんな恥ずかしい姿を、とうとう中西にまで見られてしまった）

つらい、恥ずかしいという気持ちと、淫らな自分をもっと見て欲しい、視線で嬲って欲しいという気持ちが交錯して、菊乃は何がなんだか分からなくなってしまう。思わず、俯《うつむ》く。俯くと、そこに佐竹が居る。佐竹の周りにはすでに何枚もの縛り絵が散乱していて、今まさに次の一枚が描き上がろうとするところだった。

今描いている絵は、どんな絵なのだろう。菊乃が中西の声に反応して、思わず狼狽えてしまった瞬間の絵だろうか。中西を捜して、ライトの向こうを必死で覗こうとした時の絵だろうか。それとも、諦めてまた、頭をうなだれてしまった時の絵だろうか。

「うっ！」

また、菊乃の股間の疼きが激しくなってくる。佐竹の視線は、誰のものよりもいやらしく、菊乃の官能を駆り立てる。胡座縛りで固定されている股間からまた、愛液が滲み出してくる。

お尻の穴がひくひくと蠢く。菊乃は佐竹に許しを乞うかのように、頭を振った。

「駄目、お願い」

もうそれ以上、私のことを見てくれるなという意味である。だが、佐竹は構わず、絵筆を頻りに走らせている。一枚、また一枚と、菊乃の危な絵が描き上がっていく。

菊乃は口を開け、はっはっと小さい息を吐いた。佐竹に見詰められていくうち、菊乃の中で何かが弾けた。

菊乃の腹筋に、ぐぐっと力が入る。菊乃のお尻が少し持ち上がって、佐竹の方に突き出される。愛液でぬめぬめと光ったそこが、佐竹に向けられる。

必死で思いを伝えようとするように、菊乃は佐竹を見詰める。佐竹もまた、じっと菊乃を見詰めて目を離さない。

菊乃のお腹がぴくんと痙攣して、一瞬、お尻の穴がきゅっと締まった。菊乃の眉間に、悩ましげな皺が寄る。

「描いて、佐竹さん。いやらしい私を」

菊乃の腰が、ゆっくり踊り始める。まるで佐竹を誘惑するかのように、左右に揺れる。上下に揺れる。円を描く。八の字を描く。

「描いて、淫らな菊乃を。こんな恥ずかしい格好をさせられて、みんなに恥ずかしいところを見られて、それでも感じてしまう菊乃を、描いて、佐竹さん。いっぱい、いっぱい描いて」

お腹が、踊り始める。乳房が、踊り始める。肩が、踊り始める。菊乃の全身が、佐竹を誘惑するように蠢き出す。

ただ菊乃の顔だけが、まっすぐ佐竹に向けられて動かない。挑むように、誘うように、菊乃は佐竹をじっと見詰める。舌が唇を舐める。熱い吐息が佐竹に向けて吐かれる。

「ああっ！」

突然菊乃は、後ろから思い切り抱き締められた。菊乃を羽交い絞めにした両手が、菊乃の乳房を乱暴に揉む。

突然の物理的な刺激に狼狽え、菊乃は身悶えた。思わず、その手から逃げようとするのだが、しっかり拘束された菊乃の体は思うにまかせない。

「げ、源次さん」

菊乃は、源次の存在をすっかり忘れていた。乳房を激しく揉まれた衝撃ではっと我に返った菊乃は、改めてそこに源次がいることに気が付き、驚いていた。

源次がにやっと笑う。

「女将、佐竹とのお楽しみは、あとでゆっくりやってくんな」

菊乃の乳房を鷲摑みにしていた両手の人差し指だけが、別の生き物のように動き出す。さっきからぱんぱんに腫れ上がって弾けそうな菊乃の乳首を、指先で転がす。ぐぐっ、と喉の奥で呻いて、菊乃の腰がさっきとは違う動きを始める。

「今の女将は、この会場に居る男たちみんなのものなんだ。それを忘れちゃあ、困るぜ」

菊乃の乳房を、乳首を、愛撫しながら、源次は再び菊乃の体を動かす。胸の刺激の切なさにくねくねと動く菊乃の股間を、会場を埋めた全員に見せるように、ゆっくりと回していく。

ああっ、と菊乃が、切なげな声を洩らす。

「源次さん、お願い。もう許して」

菊乃は首を後ろにぐっと捻じ曲げ、哀願するような視線を源次に向ける。

「どう、許して欲しいんだ？」

「恥ずかしいの。こんな格好で、いやらしいことをされて感じてしまっている自分を見られるのが」

源次の唇が菊乃の耳を塞ぐ。熱い吐息が菊乃の耳の穴の中を刺激する。思わず菊乃は、目を閉じる。

「嘘吐きだな、女将」

「ああっ、ち、違う」

「女将、あんたは見られて感じているんだよ。いやらしい自分を、みんなに見られるのが嬉しいんだ」

「あっ！」

「俺も佐竹も、この道のプロなんだ。一目見た時から気付いていたよ。あんたが本当は、虐められるのが好きなはずだってことも、こうして恥ずかしい姿を見られると感じるタイプの女なんだってこともね」

「お、おかしい、源次さん。熱い、あ、あそこが熱い」

「感じてるとこを見られた？　違うよ、女将さん。見られたから感じてるんだ。そうだろ」

「キスして、源次さん。キスを」

源次の言葉嬲りから逃れようとするように、菊乃が源次の唇を求めてくる。源次は応えて、菊乃の口を塞ぐ。自分から差し込んでいった舌を強く吸われ、舌先の辺りを舌で擽られて、菊乃は喉の奥でくうっと呻いた。

（ああ、見られている、佐竹さんに）

菊乃の局所はさらに熱くなり、燃え上がっていた。

（他の男とキスをしている淫らな私を、他の男に唇を吸われて感じてしまっているいやらしい私を、見られている。ああ、見られている、佐竹さんに）

菊乃の腰が、くねくねと踊る。まだ一度も触れられていないのに、熱い蜜を溢れさせているそこが、悩ましげに蠢いている。

源次の右手が、乳房の上から、つつっと下にずれる。

「うぐっ！」

唇を塞がれたまま、菊乃は声を上げる。動いた右手がどこを目指すのか、菊乃にも分かる。五本の指が菊乃の肌の上を滑る。触るか触らないかの微かな刺激が、鳩尾から臍の辺りまでゆっくりと下りていく。菊乃の膣が、次に来るはずの刺激を求めて窄まったり、開いたりしている。

だが、源次はサディストである。菊乃の茂みの辺りまで到達すると、それ以上進むのを止めて、茂みの辺りの肌をうろうろし始める。もどかしそうに、菊乃の腰がいらいらと動く。すっと源次の手がすうっと脇の方に動いたのは、そこから先に進むには胡座縛りの脚が邪魔になるからだ。んんっ、と菊乃の喉が鳴る。もし唇を塞がれたままでなかったら、いかないでとでも口走っていたかもしれない。

源次の指が、押し付けるような感触でお尻の肉の上を動いていく。菊乃のお腹とお尻の穴が、ひくっ、ひくっ、と痙攣する。

指は、後ろから前に向かってゆっくりと迫り上がってくる。今度こそ、女陰に触れてくると菊乃は思った。

だが、指はまたしても逸れていく。菊乃の右の太腿の裏側や内股を這い上ってきた指先は、その辺りをいつまでも撫で回している。焦れた菊乃は自分から腰を動かして指先を迎えにいく。

すると、源次の指はひょいと左の太腿に移動して、その辺りを撫で始める。ううんっと拗ねたような声を上げて、菊乃は腰をそちらの方に動かす。すると源次の指は、下に下がってお尻の穴や、蟻の門渡りのところに移っていく。もどかしげに体を揺すりながら、菊乃は腰を後ろに引く。なんとか、指で局所に触れてもらおうとするのだが、指先はまたも、陰毛の茂みの辺りに移ってしまう。

「ああっ！」

菊乃は頭を振って、源次の唇から逃れる。今の焦れったさを、源次に直接訴えようとしたのだ。

だが、菊乃が何か言葉を口にする前に、

「あっ、あはあっ」

源次の指先がすうっと、菊乃の縦溝をなぞった。クリトリスの上から膣の入り口まで、人差し指で触れていくと、今度は下から、入り口を抉り、クリトリスを擦り上げていく。菊乃の全身から、力が抜けた。

「どうした、女将。ここを、こうして欲しかったんだろう？」

菊乃の頭がかくかくと縦に揺れる。

「ほら、ここからこの辺りまでを、触って欲しかったんだな？」

ううっと身震いした後、再び菊乃はかくかくと頭を縦に振った。

「熱いよ、女将。ここがこんなに熱くなっている。欲しかったんだな、女将。ずっとここを触って貰えるのを、待っていたんだな」

三度、菊乃が頭を振る。

源次はまた、菊乃をゆっくりと回し始める。股間の刺激に浸り切っている菊乃の恍惚とした表情に向かって、会場からパシャパシャとシャッターを切る音が響く。

源次は菊乃の股間への刺激を続ける。羽毛のようなソフトタッチでゆっくりと全体を撫でていきながら、何回かに一回、手の平全体を強く押し付けるようにして下から上に擦り上げる。その、押し付けられる感じが堪らないのだろう。その度に菊乃の背筋がぐぐっと伸びて、ああっ、と切ない声を上げる。

菊乃の様子を観察しながら、源次の唇が酷薄な笑みを浮かべた。

「もう、いいかな」

源次は待っていたのだ。菊乃の意識の中から、佐竹が消えるのを。

源次は決して、佐竹と菊乃の仲を裂こうとしている訳ではない。むしろ、逆だ。佐竹にチャンスを与えるための筋書きを書き、若頭の鮫島と一緒に動き回った。菊乃の元夫が佐竹を傷付けるというハプニングが無ければ、もっと早くに二人を取り持ってやることができただろう。

だが、それとこれとは話が別だ。これはプロの調教師としての、源次のプライドの問題なのだった。自分に責められながら他の男に思いを向けていることが、許せなかったのだ。

だから源次は、菊乃に挑んだ。佐竹のことを考える余裕も無いほどの劣情で、菊乃を痴れ狂わせてやろうと。

そして今、菊乃はすっかり源次の思う壺に塡《はま》っている。散々焦らされた股間の刺激だけが、今の菊乃を支配しているのだった。

源次の唇が菊乃の耳を塞ぐ。熱い息を吹き掛けられて、菊乃の口がああっと小さく叫ぶ。

「女将、まだ、もの足りないんじゃねえのか？　表面ばかりを撫でられていても、もっと奥にも刺激が欲しいんじゃねえのか？」

菊乃の頭が、こくっと揺れる。そのとたん、源次の指が一度に二本、菊乃の中に侵入してきた。

「くっ！　くううっ！」

菊乃は背中をぐうっと反らせ、くぐもった呻き声を洩らす。体がぐぐっと伸び上がり、腰の辺りの筋肉がぶるぶると震える。

「ほら、こうして中を掻き混ぜられると、堪らなく気持ちいいだろう？」

「あ、ああっ！」

菊乃の頭が、こくんと揺れる。

「ほら、ここをこうされると、もっと気持ちがいいだろう？」

「あはっ！　あああっ！」

菊乃の頭ががくがくと、縦に揺れる。

「いやらしいな、女将。ほら、聞こえるかい。あんたのここで、いやらしい音がするのが聞こえるかい」

菊乃の頭が、縦に揺れる。実際、さっきから、源次に掻き回されている膣の中で、くちゅくちゅといやらしい音を立て始めているのだ。

「恥ずかしいな、女将。この、くちゅくちゅいう音を、会場中の男たちが聞いている。ほら、いやらしく腰を振っている女将の卑猥な姿を会場中の男が見詰めている。感じるかい、女将。感じるだろう」

だが、菊乃の中ではもう、会場を埋める男たちは消えていた。四方から照らされているサーチライトも、消えていた。

今の菊乃は闇の中に居る。その闇の中に存在するのは、源次と菊乃の二人きりだった。二人きりの闇の中に菊乃は吊るされ、後ろから源次に抱き締められ、嬲られ、意地悪な言葉でいたぶられているのだ。

「けものになるんだ、女将。もっといやらしいけものに。もっと淫らに。もっと卑猥に。腰を振れ、女将。男たちを誘うようにだ」

「あ、あああっ！　いやあっ！」

菊乃が、腰を振る。自分の意思で振るのではない、源次に振らされているのだ。まるで催眠術に掛かっているように、源次に感じろと言われれば、菊乃は感じてしまう。声を上げろと言われれば声が出るし、腰を振れと言われれば腰が動いてしまう。

「けものになれ、女将、けものに。快楽を求める、淫らなけものに」

そして菊乃は、けものになった。菊乃の理性がどこかに飛んだ。後は、貪るように快楽を求める、けものの本能があるばかりだった。

「女将！　そろそろいくぜ！」

「ああっ！　あああああっ！」

源次の指の動きが突然、激しくなる。まるで菊乃の女陰に恨みでもあるかのように、乱暴な動きで指を菊乃に叩き付けていく。

「あ、あはあっ！　ああっ！」

その瞬間、源次も消えた。確かなものは菊乃の肉体と、その肉体の中で暴れ回る、快感の嵐だけだった。

「ぐうっ、あああっ！　ああっ！　あああああっ！」

やがて、菊乃の体も消えた。菊乃は、ただの黒い空間になった。その空間の中に、菊乃の意識が満ちている。だが同時に、狂おしいまでの快感も満ちている。

「ああっ！　あああっ！　あはっ！　あはあっ！」

快感は、どくっどくっと脈打ちながら強くなったり、弱くなったりを繰り返している。快感が強まると意識が弱まり、快感が弱くなると意識が力を取り戻す。

だが、快感はどんどん強くなっていく。菊乃の意識は、次第に希薄になっていく。暴力的な快感が、菊乃の意識を殺していく。

そして、消えた。

残ったのは、けもののような快感だけだ。真っ黒な空間の中で、快感は次第に濃密になってくる。赤くなる。赤く、膨らんでくる。赤く、脈打つ。赤く、満ちる。蠢く。押し広げる。軋む。揺れる。震える。

空間が、悲鳴を上げる。巨大化した快感で、空間はもう爆発寸前になっている。最後の瞬間が近付いている。全てが弾け飛ぶ瞬間が。ぎしぎしと軋む。真っ赤に染まった空間が、ぴりぴりと震える。

それでも快感は膨らんでいく。ますます濃密になっていく。もう、支えきれない。弾ける。爆発する。砕け散る。吹き飛ばす。

死ぬ。

「あああああぁぁぁぁあ！」

菊乃が絶叫する。まさにそれは、断末魔の叫びだった。後ろで支えている源次が振り飛ばされてしまいそうなほど、菊乃の体は激しく動いた。

それでも源次は、必死で菊乃にしがみついている。そして、膣の中に挿入した指を激しく動かし続けている。もう源次の体は、全身汗びっしょりだった。

「いけっ！　女将っ！　いけっ！」

「い、いくっ！　ああっ、い、いくうっ！」

「もっと叫べ！　女将っ！　いやらしく吼えろ！　貪れ！」

「いくうっ！　いく、いくいくいくいく、あああああっ！　い、いくうっ！」

突然、菊乃の股間から、水しぶきがびしゅうっと飛び散った。それはライトの光に照らされてきらきらと光り、やがて霧のようにうっすらと、会場の空気に解けていく。客席からわあっと歓声が上がり、割れんばかりの拍手が鳴り響いた。

「ああっ！　ああっ！　あはあっ！」

菊乃の腹筋がびくんっ、びくんっと痙攣する。そして痙攣する度に、菊乃の股間から水しぶきがびゅっびゅっと散る。ライトに照らされてきらきら光っては、消えていく。その度に、会場の拍手の音が高くなる。

「あああっ、あああ」

激しい痙攣が去っても、菊乃はまだ夢心地の中にいた。ぐったりと脱力した状態で、意識も朦朧としているようだった。

源次もまた、荒い息を吐きながら、言葉さえ満足に話せない状態だった。全身にびっしょり汗を掻いた源次の体からは、微かに湯気が立っていた。

佐竹もまた、呆然としている。まるで菊乃の絶頂の激しさが伝染してしまったように、佐竹はぐったりと疲れ切っていた。

「どうだった」

まだ、息を整えることができずにいる源次が、奈落に居る佐竹に訊いた。

「すごかったよ、源さん。最高だった」

「そう言ってくれると、嬉しい」

「僕は、女将さんの美しさを、たいてい描き留められたつもりだったんだけど」

佐竹はうっとりとして、まだ吊るされたままの菊乃の裸体を見詰めている。

「光の中で潮を吹いた瞬間の、女将さんのあの美しさだけは、描けそうもない」

会場の拍手は、いつまでも鳴り止まない。だが、朦朧とした意識からまだ醒めることができずにいる菊乃は、なぜ自分がここに居るのかも、観客がなぜ拍手しているのかも、思い出せずにいた。

九

ばたばたと、廊下を走る足音が桃水園に響く。菊乃がこんなはしたない走り方をすることは珍しい。それほど、菊乃の心は乱れていた。

ようやく玄関先に辿り着いて、立ち止まる。そこには、相変わらず風采の上がらないやもめ男が立っていた。

「佐竹さん」

名前を呼んだきり、後の言葉が続かない。表情がくしゃくしゃとなって、今にも泣き出しそうになるのを、菊乃は辛うじて堪えた。

「佐竹さん、全快なさったのねえ。本当に、ようございました」

「女将さん、また、お世話になります」

相変わらず、変わった男である。自分が菊乃を散々いたぶったことも、その後自分が死にかけたことも、この男はまるで覚えていないように見える。以前と同じように善良そうに、以前とおなじように気弱そうに、佐竹は一夜の宿を所望した。

受け入れる側はそうはいかない。この男は、女将さんの命の恩人なのだ。慌てて中西が佐竹に駆け寄る。

「ささ、佐竹さん、どうぞお上がりになって。お荷物をお持ちしましょう。いや、どうぞご遠慮なく」

菊乃が中西に耳打ちする。一瞬、中西は複雑な表情を浮かべるが、すぐに納得する。

「ささ、どうぞ。こちらでございます。ご案内いたします」

番頭の中西に案内されて、佐竹が奥に消える。もう車椅子は使わずに済んでいるものの、やはり後遺症が残っているのだろう。佐竹は少し、左脚を引き摺るような歩き方をした。その足取りを見て、菊乃はまた、泣きそうな顔になった。

「ここは」

佐竹は、これまで一度も入ったことの無い部屋に案内された。なんとなく客室とは違う雰囲気に、戸惑いの色を隠せない。

「女将さんのお部屋でございます」

「女将さんの」

「こちらにお通ししろとのお申し付けで」

中西は、佐竹の荷物を部屋の隅に置くと、早々に去っていった。去り際、今日はこの部屋に誰も来させないのでごゆっくり、と意味深なことを言い残した。

それから五分と経たずに、女将が現れた。立ったまま、後ろ手で襖をぴしゃりと閉める。

「女将さん」

佐竹の呼びかけには一言も応えず、菊乃は男の胸に飛び込んでいった。菊乃に押し倒され、佐竹が仰向《あおむ》けにひっくり返る。

「お、女将さん、何を……」

「動かないで」

菊乃は佐竹の両腕を取ると、もどかしげに自分の背中に回させた。そして早く抱き締めてと言わんばかりに、体を揺すり立てた。求めに応じて佐竹が抱き締めると、菊乃は嬉しそうな溜め息を吐いて、佐竹の顎の下の方に唇を当てた。

その夜、佐竹は菊乃の部屋に泊まった。いや、その日だけではない。桃水園に泊まる時はいつも、佐竹は菊乃の部屋に通されるようになった。

深夜から翌朝に掛けて、菊乃の部屋には佐竹の絵が散乱する。菊乃はそれがみんなの目に止まらないように急いで片付けるのだが、佐竹は猛烈な勢いでどんどん絵を描き上げていく。

ちょっと油断すると、菊乃の部屋はすぐに佐竹の絵でいっぱいになった。

相変わらず佐竹は、桃水園と仕事場を行ったり来たりの生活を続けている。だが、その行ったり来たりの様子が、ちょっと以前と異なっていた。

以前の佐竹は、仕事の合間を縫って桃水園を訪れるという感じだった。今は仕事のある時だけ、必要最小限の時間、桃水園を離れる。桃水園が佐竹の住まいになって、そこから仕事場に通っている。

ある日菊乃は、部屋に大工を呼んで天井に鉤を付けさせた。なぜそんなことをするのか仲居たちに聞かれると、菊乃は恥ずかしそうに逃げてしまうのだが、番頭の中西だけはその鉤の用途に気付いていた。

やがて、佐竹と菊乃は、入籍する。特に結婚式というものはしなかったが、地元の名士と桃水園の従業員だけで、こぢんまりとした祝いの宴を設けた。

そうして佐竹は、桃水園のご主人として、地元で認知されるに至った。街を歩いてゆけば、誰もが佐竹に声を掛けてくれる。佐竹もまた、にこやかな笑顔で挨拶を返すのである。

佐竹と菊乃が肩を並べてそぞろ歩きをする風景も、珍しくなかった。二人は街でも評判のおしどり夫婦として、未婚の娘たちの憧れの的となっていた。

「ああぁっ!」

股間をやわやわとなぞり上げられて、菊乃が呻き声を上げた。

薄暗くした部屋の中で、蠟燭の炎だけがぼんやりと部屋を照らしている。微かな光の中に、全身にびっしょりと汗を掻いた菊乃の裸体が浮かび上がる。

両腕を後ろ手に縛られ、縄尻を天井に固定されている。左脚も高く吊るされ、右足だけで体を支えている形だ。

大きく開いたまま閉じることを許されない股間には、棘《とげ》のような陰毛がうっすらと生えている。一月前に剃毛《ていもう》された股間にうっすらと毛が生えている様子はまるでネギ坊主のようで、普通に毛が生え揃っている状態よりも、つるつるに剃《そ》り上げられている状態よりも淫らに見える。

その淫らな股間を時々撫で上げながら、佐竹は菊乃の絵を描き続ける。そこを撫でられる度に、菊乃は悩ましげな悲鳴を上げて体を震わせる。

「もう、許して、あんた。堪忍して」

蚊の鳴くような声で菊乃が哀願する。だが、佐竹は無視して、また菊乃の体をいたぶる。

「菊乃、綺麗だ。とても綺麗だよ」

そして、佐竹は蠟燭を傾け、菊乃の内股に熱蠟を垂らす。

「あっ！　ああ、いや」

菊乃は熱さに身悶えし、体をゆさゆさ揺する。痛さと熱さと気持ちよさで何がなんだか分からなくなり、菊乃の意識が遠くなる。

菊乃は待っている。そうして散々いたぶられた後、佐竹が貫いてくれるのを。事前の責めが過激なものであればあるほど、菊乃の体は燃えるのだった。

「ああっ！　ああっ！　あああああっ！」

佐竹は、菊乃の乳首の上に熱蠟を垂らしながら、股間に指を二本入れてきた。激しい刺激の中で、菊乃は自分がエクスタシーに近付いていることを意識する。必死で首を後ろに反らせ、菊乃は佐竹の唇を求めていく。

「ううっ！　あああああっ！」

佐竹に唇を塞がれたまま、菊乃はあっけなく絶頂まで追い上げられた。佐竹の体に馴染《なじ》んでいけばいくほど、菊乃の体は簡単に佐竹に翻弄されてしまうのだった。

「はあっ、はあっ、はあっ、はあっ」

吊るされていた縄を解かれて、畳の上に倒れ込んだ菊乃は、改めて佐竹の唇を求めていった。縄で拘束された状態のまま、菊乃はうっとりと佐竹の腕に身を任せていた。脇に置かれた蠟燭の炎が、菊乃の裸身をぬめぬめと浮かび上がらせていた。

「ああ、ああ」

源次の責めが中断された後も、女の呻き声は止まらない。強烈な快感の余韻が去らず、女を内側からいたぶっているのだ。

コンクリートの打ちっ放しで内装は無い。地下室ということで窓も無い。この殺風景な小部屋が、源次の日頃の仕事場だった。

天井から垂れ下がっている照明、壁に埋め込まれているエア・コンディショナーと換気扇、部屋の隅にぽつんと置かれている源次用のロッカー、真ん中にでんと据えられているダブル・ベッド、入り口近くに、若頭の鮫島が源次の仕込みを眺める時に座る簡単な応接セットが置かれている。

実用のもの以外は一切置かれていないこの仕込み部屋の中で、数え切れない女たちが源次の調教によって性技を叩き込まれ、官能に悶絶させられてきたのだ。

今、ベッドの上に縛り付けられ、悶えている女もそうだ。元は、平凡なＯＬだった。鮫島傘下の闇金融で借金まみれにされ、身を持ち崩した。三日前から源次の調教を受けさせられ、すでに体は、一流の娼婦の体になりかけている。

「うう、ああ」

両腕をばんざいした形でベッドの脚に固定されたまま、幾度も女は腰を震わせた。源次に教え込まれた歓びがいつまでも腰骨にひびき、女の下半身にいやらしい踊りを強《し》いている。

一仕事終えて休息している源次は、ベッドの端に腰を掛けてタオルで全身の汗を拭いている。時々振り返っては、女の体の汗も拭ってやったりするのだが、それも今のこの女には愛撫としか受け取れないらしい。タオルを持った手に触れられるたびに女は悶え、その手に体を擦り寄せていく。

ドアが、開いた。若頭の鮫島が入ってくる。女と同様、全裸のままの源次に、鮫島の方が照れた顔付きになる。

「おい、源次。なにか着ろよ」

「いや、まだ仕込みの途中ですんで」

「俺がいる時くらい、何か着ろってんだよ」

「はあ」

源次は、そばに脱ぎ捨てた赤い晒しを腰に巻き付ける。それでも褌一丁の裸に代わりはないが、鮫島はそれ以上の要求はせずに応接セットのソファーに身を沈めた。

「また、桃水園の女将から手紙が来たんだ。お前、まだ女将に連絡先を教えていないんだってな」

「へえ、まあ」

「女将から、よろしくと伝言された。本当は直接手紙を出したいのだが、住所が分からないから、俺への手紙と一緒に送ってきてる。ほら、ここに置いとくぞ」

「へえ。お手数掛けて、申し訳ありやせん」

「自分で教えるのが面倒なら、俺から教えておいてやろうか」

「いや、それには及びやせん。いずれあっしから、お伝えしますんで」

「お前がいつまでも教えねえから言ってるんだよ。お前、いつまで俺を伝書鳩代わりに使うつもりだ」

「いや、そんなつもりは」

鮫島が指を立てる。両脇の若い衆の一方がさっと煙草を差し出し、もう一方がライターで火を点ける。

「この前、桃水園に行ってきたのが居てな、そいつから聞いたんだが」

「へえ」

「女将、以前とちょいと変わったらしいぜ。前から小股の切れ上がったいい女だったが、仕事ができすぎてちょっと近寄りがたい雰囲気があった。最近では、まあ、そいつが言うにはだ、肩の力が抜けて、女の色香みたいなものが、滲み出てくるようになったそうだ。前より数倍、女振りが上がったらしい。やはり、そばに寄り添う男が居るか居ないかで、女というのは変わるものなのかな」

「よかったじゃありやせんか。佐竹にとっても、女将さんにとっても、結構なことだ」

「どうだい、源さん。一度二人で、また桃水園に遊びにいこうか」

「あっしが、ですか？」

源次が、ちょっと戸惑いの顔付きになる。

「そうだよ。数倍女振りの上がった桃水園の女将を、一度拝見しようじゃないか」

「いや、あっしは、ご遠慮申し上げます」

「なぜだよ。女将だって、お前のことは随分懐かしがっているようだぜ」

「若頭、それはお追従《ついしょう》じゃございやせんか」

「追従？」

「手前の亭主の目の前で自分を嬲りものにした男に、会いたがる女は居《お》りやせん」

「そうかな」

「当たり前です。あっしがまだ、銀星会の息が掛かっている人間だから、不仲になるわけにもいかないんで、お愛想を言ってるだけでさ。本当に目の前に現れたら、随分気まずいんじゃねえですか？」

「ううん。そうかな」

「佐竹だってそうです。自分の女房が以前に関係した男に酌をするのを見ているのは、面白くねえでしょう」

「ううむ。それは、そうだろうな」

「あっしは、二度と桃水園には行きやせん」

鮫島の目をまっすぐ見ながら、源次はそう宣言した。

「行かれるんだったら、若頭、あっしに構わずお一人でいらして下せえ」

「馬鹿野郎」

若頭が苦虫を嚙み潰した顔付きで言う。

「一人じゃ行きにくいから、お前を誘っているんじゃねえか」

いかつい風体の鮫島の口から意外にしおらしい本音が洩れて、源次も思わず笑ってしまう。

「若頭も、一発やっちまったからね」

「まさか本当に女将とやれるとは思っていなかったからな。有頂天になっちまって、思いっ切り突きまくっちまったよ」

「まあ、あれだけ派手に腰を使ったんじゃあ、若頭も行きにくうござんしょう」

源次と鮫島の肩が、くっくっくっと揺れる。鮫島が大きく、溜息を吐く。

「しかしまあ、やはりやらなきゃあ良かったな。これでもう二度と桃水園に足を踏み入れられない、女将の酌も受けられないとなると、随分高い一発に付いちまった」

「若頭。本気の恋だったんですかい」

「ああ、本気の恋だったよ」

「もし本当にそうだったとしたら、若頭も随分不器用なお人だ」

「まさか、佐竹の野郎に取られるとは思わなかった。あの野郎、今度会ったらぶっ殺してやる」

「あっしは、お似合いだと思いやしたね、あの二人。だから取り持ってやろうって気にもなったんで。そのことの相談をさせて貰った時には、若頭も賛成してくれたじゃないですか」

「だからな、うまくいくとは思ってなかったんだよ。遊びのつもりだったんだ」

源次の肩が、またくっくっくっと揺れる。若頭の顔が、なんでえ、と不愉快そうな顔付きになる。

「本当に、不器用なお人だ」

「いいよ。笑いたいだけ笑えよ」

源次は後ろを振り返って、ようやく呼吸の整ってきた女の乳房をぐっと掴む。いやっ、と小さな声を出して、女が悶える。

「おい、この不器用な旦那がな、失恋の傷を癒して欲しいそうだ。ちょっと相手をしてやってくれないか」

「え？　いいのか？」

若頭の機嫌が、いっぺんに直る。女は引きつった顔になり、必死でいやいやをするのだが、源次は知らぬふりをする。

「もし今日いらっしゃらなかったら、こちらから連絡していたところなんで。もしご許可がいただけたら、明日からでも店で客を取らせようかと思ってやした」

「そ、そうかい。それじゃちょっと、試してみようかな」

言いながら若頭は、早くも服を脱ぎ始めている。両隣りの若い衆は、慌てて席を外して出て行こうとする。

「若頭、やり過ぎないで下せえよ」

「分かってるよ」

「味見役が若頭に代わってから、あっしの仕込んだ女の締まりが悪くなったと評判なんですから」

「分かってるって言ってるだろう！」

そして若頭は女を組み敷くと、ばんざいの形で両腕を固定されている女の両足首を摑んで割り裂いた。きゃあっと女が悲鳴を上げる。

「駄目、駄目、お願い、もういや！」

「いい娘だな、お嬢ちゃん。力を抜きな。なにもしないから。ちょっと先っぽを、入り口のところにくっつけるだけだから」

そう言いながら、鮫島は本当に自分の一物の先端を女の入り口に押し当てると、力任せに腰を突き出した。

「あああっ！」

「おおおっ！　し、締まる！　源次、し、締まるぞ！」

「お、大きい。な、なに？　なんなの？　こ、こんなの、初めて。あっ、あああっ！」

「おおおっ！　源次、源次ぃ！」

「若頭。あっしの名前を呼びながらやるのは止めていただけやせんか。外の奴が聞くと、あっしがやられてるみたいに聞こえるらしいんで」

「かまうものか！　おおっ！　締まる。締まるぞう、源次い！」

「あああっ！　いや、こ、壊れる、壊れちゃううっ！」

源次が溜息を吐く。この女も結局、店に出て客を取る前に、締まりの緩い女にされてしまうらしい。

源次の仕込み部屋は店の地下にある。若頭が帰り、店も閉じて、源次が帰宅するのは今日も深夜になった。

最後に店の灯りを落とす前に、源次はポケットを探る。菊乃の認《したた》めた手紙が出てくる。

源次は迷った。それを読もうか、読むまいか。迷った末に、源次はそれにライターで火を点け、灰皿の中に投げ込んだ。手紙はゆっくりと炎を伝えていき、四角い形を残した灰になっていった。

「会わないと決めたことだ。なまじ手紙など読んで、心引かれれば未練になる」

源次は思い出していた。初めて菊乃を見た時のことを。

今、思い出しても、震えが来る。菊乃は、調教師という仕事をしている者なら誰でも一度は巡り会ってみたいと願う、最高の女だった。

もちろんその時の菊乃は、マゾヒストの片鱗《へんりん》も見せていない。桃水園という大きな旅館を預けられ、数十人の従業員を従える若女将菊乃は、自信に溢れ、気力に満ちていた。

だが、長年にわたり、数え切れない女たちを仕込んできた源次の職業的勘が、教えた。この女こそ究極の牝だ。一生に一度、巡り会えるか会えないかの、正真正銘の被虐の女だと。

一見、気の強そうな菊乃の心の奥に、強い男に組み敷かれるとなよなよと崩れてしまいそうな危うさが潜んでいる。たやすく人を寄せ付けない気位の高さの陰に、必死で押し殺しても押し殺しきれない情欲の炎が燃えている。もしこの女を押し倒して、縛り上げて、理性が吹き飛んでしまうところまで責めて責めて責め抜いたなら、どんなにあられも無い乱れ方をするだろう。どんなに切なげな声を上げ、どんなに悩ましげな表情をすることだろう。

その乱れ方、声、表情、全てが、一瞬にして源次の頭の中に浮かんだ。そして源次の心を鷲摑みにしてしまったのだ。

数え切れない女の衣服を剝ぎ取ってきた源次の目には、菊乃の着物姿の下の裸体まで、たちどころに読み取ることができる。頭の中で裸に剝いた菊乃の体に、源次は縄掛けしていった。

白磁色の肌が縄化粧の下でほんのりと色付き、苦痛と官能に翻弄された体が煽情的にうねり始める。その眼差しは、源次のさらなる責めを挑発するように妖しく光るだろう。想像しただけでも、源次の股間は熱い熱を持ち、固く膨らみ始める。慌てて他のことを考えて気を紛らわすのだが、一瞬でも油断すると源次の一物はゆらゆらと鎌首《かまくび》を持ち上げ始めるのだ。

(さすが、佐竹の選んだ女だ)

どうしても縛り絵のモデルになって欲しい女が居ると相談された時には、佐竹がこれほど惚れ込むのだから相当な女なのだろうと思ってはいた。だが、これほどとは思っていなかった。

欲しい、と思った。佐竹との約束が無ければ強引に自分の女にしていたところだ。だが、取り持ってやるという源次の約束を信じて疑わない佐竹の信頼を、裏切ることはできない。だから、諦めた。諦めた代わりに、一夜の夢とばかりに、源次は徹底的に菊乃を責めた。責められて崩れた菊乃は、源次の想像通りの女だった。想像通りの素晴らしさに、源次はさらに夢中になって責めた。

「いかん」

思い出しただけで、また股間が熱くなってくる。責められている最中の菊乃の美しさは、とてもこの世のものとは思えない。

だから、桃水園には二度と行かない。行けばまた、菊乃を責めたくなる。

だが、菊乃の亭主となった佐竹は、もう自分の女房をよその男に責めて欲しいとは思わないだろうし、菊乃もまた、亭主を差し置いて他の男に責められるのは気兼ねだろう。そう考えると、やはり桃水園には足を踏み入れない方がいい。

佐竹と菊乃の幸せを乱しかねない、自分のような存在は近付かないに越したことは無いのだ。

すっかり灰になった手紙をカウンターの奥のシンクに流し込み、洗った灰皿をしまう。電気を落として外に出ると、夜空は雲一つ無く晴れ渡っていた。

ただ、星は無い。ネオンと街灯の光で全く星の見えない黒い空を見上げながら、源次はあの温泉町の星空を思った。宝石を鏤《ちりば》めたようにたくさんの星で埋められた、あの美しい星空を。


「あ、源あにぃ。今、帰りですか？」

声を掛けられて振り返る。そこには源次と同じ組の、駆け出しのチンピラが立っていた。

「京一か」

「お疲れさまです。今日も仕込みですか？」

「まあな」

「いいなあ。俺も源あにぃみたいに、毎日色んなマブいスケとやりまくる仕事がしたいっすよ」

「京一、人間はな、心の許せる一人の相手とずっと添い遂げられるのが、一番幸せなんだ」

「そうっすかねえ」

「お前、今日は何か用事があるのか」

「いえ、特に無いっす」

「ちょっと、引っ掛けていくか？」

「え？　いいんすか？」

「今日はな、ちょっと飲みたい気分なんだ。付き合え」

「いいっすね。ゴチになります！」

源次はもう一度、空を見上げる。街の灯りに照らされた弱々しい空にも、光る星はある。

源次はそれを眺めていた。

この作品は書き下ろしです。原稿枚数423枚（400字詰め）。

GENTOSHA OUTLAW BUNKO

縄痕《じょうこん》の宴《うたげ》

夜《よる》の飼育《しいく》

越後屋《えちごや》

平成18年4月15日　初版発行

発行者——見城徹
発行所——株式会社幻冬舎
〒151-0051東京都渋谷区千駄ヶ谷4-9-7
電話　03(5411)6222(営業)
　　　03(5411)6211(編集)
　　　振替00120-8-767643
印刷・製本—中央精版印刷株式会社
装丁者——高橋雅之

幻冬舎アウトロー文庫

ISBN4-344-40783-0　C0193　　O-71-2